Depressionen, WM-Fieber und andere Krankheiten!

Widmung:

Dieses Buch ist Kater Zorro (†12.12.2014) **gewidmet!**

Jörg Maaß

Jörg Maaß

Depressionen, WM-Fieber und andere Krankheiten!

18 Kurzgeschichten
und
11 Gedichte
von Jörg Maaß!

Bibliografische Information der Deutschen Nationalbibliothek:
Die Deutsche Nationalbibliothek verzeichnet diese Publikation in der Deutschen Nationalbibliografie; detaillierte bibliografische Daten sind im Internet
über http://dnb.dnb.de abrufbar.

Überarbeitete Fassung
© 2015 Jörg Maaß
Illustration: **Hellen Thielemann**

Herstellung und Verlag: BoD – Books on Demand, Norderstedt
ISBN 978-3-7386-09134

Vorwort

Und wieder habe ich meine Pläne geändert, denn ich wollte dieses Jahr eigentlich meinen ersten Roman fertigstellen. Da die Arbeiten dazu aber doch länger andauern als gedacht (mittlerweile schreibe ich parallel an einem zweiten Roman), habe ich zunächst erst mal dieses Buch mit Shortstorys fertiggestellt. Mir sind so viele schöne Ideen für Kurzgeschichten eingefallen (vor allem während der WM, siehe: „WM-Fieber" und „Ein ganz besonderer Job"), sodass ich dieses Buch unbedingt schreiben musste!!

Die Idee zu dem Buch entstand, wie gesagt, während der Fußballweltmeisterschaft und begann mit den Storys „WM-Fieber" und „Ein ganz besonderer Job" („WM-Fieber 2")! Diese beiden Storys handeln von der allgemeinen Fußballmanie während der WM (welche mich z.T. auch ergriffen hatte) ! „Das Erwachen" und „Sauftour eines Verlierers" sind leicht im Bukowsky-Stil („Ein ganz besonderer Job" eigentlich auch, obwohl die Story auch eine gewisse Komik hat). Zwei Krimis („Blutiges Vinyl" und „Der Intrigant") durften natürlich auch nicht fehlen (als Agatha-Christie-Fan hielt ich dieses für eine Pflicht), okay, „Der Tod lauert am Uferrand" ist eigentlich auch ein Krimi, aber mehr im Giallostil geschrieben! „Die Befreiung" ist ein (leicht) morbider Psychothriller! Die letzte Story („Insektenstiche") hebt sich von dem Rest ab (jedenfalls ist das die Meinung von K.) und ist einer meiner persönlichen Favoriten!

Ursprünglich wollte ich auch noch eine kleine Horrorstory in dieses Buch mit einbringen, aber es kamen mir zu dieser Story so viele Ideen, was zur Folge hat, dass aus dieser geplanten Kurzgeschichte jetzt ein Roman wird (mein zweites Romanprojekt)!

Insgesamt denke ich, dass mir ein Buch mit einigen sehr guten Kurzgeschichten gelungen ist! Abgerundet habe ich das Ganze mit einigen Gedichten, eines davon („Kampflos") ist aus meinem letzten Buch („Vom Weiher, Reiher, Geier, Hecht und Specht").

Jörg Maaß

Depressionen!

Der gute Jimi sang davon in Manic Depressions! Aber wenn Mann/Frau sich so umschaut, sind wir umgeben von depressiven Leuten!

Stefan ist deprimiert, weil er am letzten Wochenende eine geile Alte kennengelernt hat, welche in einer Kneipe diverse Whisky-Cola Mischungen trank. Als die beiden dann die Pinte verließen, schlug er ihr vor, doch noch mit auf ein paar Drinks in einen anderen Schuppen zu gehen. Ihre Antwort war: „In solch einen Scheiß-Laden gehe ich nicht!" Danach begab sie sich Richtung U-Bahn. Vor der schweren Entscheidung gestellt, ob er ihr nachgehen solle oder in die Kneipe, entschied er sich natürlich für …: die Kneipe! Das führte am nächsten Tag bei ihm zur Depression! Ich sagte zu Stefan: „Das wäre sowieso nicht die Richtige gewesen, wenn sie nicht mit in die Kneipe kommt!" „Stimmt, dann hätte ich auch nicht den tätowierten Typen kennengelernt, der einen Salto aus dem Stand machen konnte, und mir später noch einige Mischungen ausgegeben hat!" „Siehst du Stefan", sagte ich, „du hast alles richtig gemacht!" (Wonach sich seine Depression etwas abmilderte!)

Torben ist deprimiert, weil er den Film bei eBay nicht ersteigert hatte. Er hatte schon zwei Euro über seinem persönlichen Maximalpreis geboten, aber dann wurde er doch noch in letzter Sekunde überboten! Was soll er jetzt bloß machen? Er hatte sich so auf den Film gefreut, der noch in seiner Sammlung fehlte. Hat er doch diesen Monat gerade mal neun neue Filme gekauft! Und seine Sammlung mit ca. 5000 Filmen erscheint ihn viel zu klein – da weiß man ja überhaupt nicht was man sich ansehen soll, bei dieser geringen Auswahl!

Auch der Typ im Supermarkt ist deprimiert, ist doch tatsächlich Ratskrone ausverkauft und er muss sich 5.0 kaufen, welches gleich fünf Cent pro Flasche teurer ist! Bei seinem Bierkonsum von 20 Flaschen macht das einen Euro Differenz, das wären fast drei Flaschen Ratskrone! Dass diese Typen im Supermarkt aber auch nicht rechtzeitig nachbestellen, wissen sie doch, dass er jeden Tag eine Kiste Ratskrone kauft! Frechheit!!

Auch die Frau in der Boutique ist deprimiert, will sie sich doch mal wieder eine neue Jeans kaufen und muss feststellen, dass sie wieder zugenommen hat, denn beim letzten Kauf war die Jeans noch zwei Nummern kleiner! Eine kleine Prüfung auf der Waage zu Hause verstärkt die Depressionen, und aus Frust macht sie sich ein zweites Mittagessen.

Auch Christiane ist deprimiert, hat sie bei ihrer Klausur doch tatsächlich nur 98 % geschafft, dabei war sie doch so sicher, dass sie 100 % erreichen würde, das führt bestimmt wieder zu einer schlaflosen Nacht!! „Muss ich eben beim nächsten Mal noch mehr lernen, Rainer wird das schon verstehen, können wir uns eben nur noch einmal die Woche für einen Quickie treffen", denkt sie!

Auch die Frau mit den schönen, langen blonden Haaren ist deprimiert, hatte sie doch dem attraktiven langhaarigen Typen am Flaschenpfandautomaten ihr süßestes Lächeln gezeigt, aber er hatte ihr nur einen kurzen Blick zugeworfen und sich dann wieder auf die Pfandflaschen konzentriert!

Der langhaarige Mann mit der löcherten Jeans ist auch deprimiert, hatte ihm doch so eine gar nicht so schlecht aussehende Blondine am Pfandflaschenautomaten ein süßes Lächeln „zugeworfen", aber er hatte nur kurz hingesehen und sich lieber auf seine Flaschen konzentriert! Später sah er noch, wie sie im Auto weg fuhr! Hätte er doch ...! Aber nun ist es zu spät, und er sitzt weiter alleine deprimiert in seiner Wohnung!

Und auch Cassy, die Boxerhündin meiner Mutter, ist deprimiert, konnte ich heute doch nicht mit ihr ausgehen!
Meine Mutter erzählte mir, das Cassy die ganze Zeit an der Tür gewartet hatte!

Und auch ich bin deprimiert, hat sich doch mein Antivirusprogramm verabschiedet, und ich kann kein neues installieren, obwohl ich es acht Stunden versucht habe!
Nach unzähligen Telefonaten habe ich endlich jemanden in meinem Freundes/Bekanntenkreis gefunden, der sich meinen PC ansieht, aber erst in einer Woche! Eine Woche kein Internet (Oder wenn, dann ohne Schutz), das führt zu Depressionen! Aber zum Glück gibt es noch andere Betätigungen, wie z.B. Kurzgeschichten schreiben!

Diese ist eine davon!

WM-Fieber

Also, ich war heute beim Arzt und habe mich untersuchen lassen. Der hat aber nichts gefunden, deshalb habe ich mich selber diagnostiziert: Eindeutig WM-Fieber! Zur Bekämpfung des Fiebers habe ich mir 2 Kisten Bier gekauft und mir Ruhe und Fernsehen verschrieben. Bei Nachrichten schalte ich natürlich aus: Taliban-Angriff in Pakistan, Tote in der Ukraine, Unwetter in NRW mit dicken Hagelkörnern, Überschwemmungen, Erdbeben, Vormarsch der Isis, das interessiert mich alles nicht, denn es ist WM, und das WM-Fieber hat vollständig von mir Besitz ergriffen!

Gestern habe ich mit einem Kumpel diskutiert über Niederlande gegen Spanien, der meinte anschließend: „Die Frauen verstehen das überhaupt nicht, ich habe zu meiner Alten am Telefon gesagt: „Ich hab WM-Fieber", da meinte die: „Das trifft sich gut, ich bin auch geil!" „Nein **nicht Stangenfieber** (da war bei ihr wieder der Wunsch Vater des Gedankens), **WM-Fieber!**", habe ich ihr gesagt! „Wat is dat denn, is dat ansteckend?" „Ja, total, und kann bis zu vier Wochen dauern!" „Oh! Ja, wenn dat so is, dann bleib mal zu Hause, wir sehen uns dann nächsten Monat bei meinem Geburtstag!" „Was für 'n Glück, da habe ich erst mal Ruhe vor meiner Alten! Nicht denkbar, wenn ich die abends noch ficken müsste, dann bekomme ich ja von den Spielen überhaupt nichts mit!" „Ja, schlimm haben mich doch meine Verwandten aus Düsseldorf angerufen, denn Tante Hildegard ist vor ein paar Tagen gestorben, und ich soll zur Beerdigung kommen! Ich habe gesagt: „Seid ihr bescheuert?! Da läuft gerade Honduras gegen Ecuador, und ich glaube nicht, dass da auf den Friedhof irgendwo ein Fernseher ist! Und durch die Reise würde ich noch weitere Spiele verpassen!"

„Nein, die Leute haben einfach kein Verständnis!", meinte mein Kumpel und machte sich ein schönes 5.0 auf! „Der Armin erzählte mir, er wollte sich das Spiel gestern ansehen, da ruft ihn seine Schwester an, sein Alter wäre zu Hause zusammengebrochen und ist ins Krankenhaus gekommen. Sie fragte ihn, ob er nicht hinkommen und seinem Alten Klamotten und sonstiges Zeug vorbei bringen könne! Da ist der Armin ausgerastet und hat seine Schwester angeschrien: „Ist der nicht ganz dicht? Hätte der nicht bis nach der WM warten können? Außerdem bin ich beim siebten Bier und kann nicht mehr fahren!" Seine Schwester hat ihn angeschrien, er wäre ein Asi und die Familie bricht den Kontakt mit ihm ab, ist ihm aber scheiß egal, manche Leute haben einfach keinen Respekt vor der WM!"

„Genau", meinte ich, „außerdem sagen einige, dass ich zu viel saufen würde. Dabei stimmt das gar nicht! Ich trinke ja mal gerade alle vier Jahre bei der WM Bier (so ungefähr eine Kiste für zwei Tage und ein paar „Zündkerzen"), ansonsten saufe ich ja so gut wie gar nichts, höchstens noch bei der EM (und die ist ja auch nur alle vier Jahre), bei den Champions League Spielen und wenn die Bundesliga wieder anfängt!"

Nein, manche Leute sind einfach völlig respektlos und voller Vorurteile! SCHLAAAAND, SCHLAAAAND!

Ein ganz besonderer Job
oder
WM-Fieber
2

Reinigungskraft auf 450,- Euro - Basis, Koch auf 450,- Euro - Basis, Rentner gesucht, nein er fand hier einfach keine Arbeit. Er wollte auch keinen langfristigen Job, sondern er musste einen haben, wo es das Geld gleich Cash auf die Hand gab, denn diesen Monat sah es mal wieder sehr schlecht aus. Von Hartz-4 alleine konnte er sowieso nicht leben, aber diesmal kam zudem noch hinzu, dass er sich einen neuen gebrauchten PC gekauft hatte und auch sonst noch einige Rechnungen zu begleichen hatte.

Er hatte jetzt schon bei Ebay Kleinanzeigen fast 1½ Stunden recherchiert aber keinen Job gefunden. So, nun blieben nur noch die Stellenangebote im Wochenblatt. Hm, was war das? Drei Männer für einen Job während des Viertelfinalspiels der deutschen Mannschaft gesucht, gute Bezahlung und gute Arbeit, die garantiert Spaß macht (dahinter war ein Smiley gesetzt). Eigentlich wollte er sich ja das Spiel anschauen, aber wenn die oder der gut bezahlen, würde er darauf sch...! Also anrufen könnte er ja mal.

Beim Anruf druckste der Auftraggeber oder Chef, oder wie man ihn sonst bezeichnen wollte, herum, wollte die Details im persönlichen Gespräch besprechen. Lediglich absolute Zuverlässigkeit forderte er! Auf Nachfrage von ihm antwortete er lachend, dass er garantieren würde, dass der Job viel Spaß bereitet. „Die meisten würden ihn wahrscheinlich sogar umsonst machen, einige würden sogar etwas bezahlen, wenn nicht gerade die WM wäre!", sagte er.

Das machte ihn extrem neugierig, und da der Job zudem in unmittelbarer Nähe seiner Wohnung war, sagte er natürlich zu und erschien pünktlich und sehr gespannt zum vereinbarten Vorstellungsgespräch. Er wurde von einem etwa 30-jährigen Mann, welcher ein Deutschlandtrikot trug in ein Zimmer geführt, wo sich zwei weitere Typen aufhielten, welche auch Fußballklamotten an hatten und drei recht gut aussehenden Frauen, (die so zwischen Ende 20, Anfang 30 Jahre alt waren), welche auf einer Couch saßen.

„Was meint ihr, ist der brauchbar?", fragte der Mann, der ihn hereingeführt hatte.

„Ja, der ist ok", meinten die anderen beiden Typen. „He, He, er soll uns doch gefallen und nicht euch!", meinte eine der drei Frauen, eine große Blondine mit ebenso großer Oberweite.

Er schaute verwundert in die Runde. Was ging denn hier ab, suchten die jemand für eine Gruppensex-Party? Die Blonde sah seinen verwunderten Blick und sagte: „Ich glaube, es wird Zeit, das wir unseren gut aussehenden Jungen hier mal seine Aufgaben erklären!" Also folgendes: „Unsere drei

Männer hier wollen mal wieder Fußball gucken, wobei sie sich immer ziemlich besaufen und danach nicht mehr fit genug sind für gewisse Aktivitäten." „Oder keine Lust mehr haben", sagte eine der anderen Frauen, eine mittelgroße Brünette mit kleinen Titten, aber knackigem Hinterteil, und einen schmalen, sinnlichen Mund.

„Wie, was genau meint ihr damit?", fragte er leicht begriffsstutzig. „Stell dich doch nicht so blöd an, oder bist du noch Jungfrau?!", wurde er von der Brünetten angeschnauzt. „Unsere Männer wollen jetzt zum X.ten Mal während dieser beschissenen WM Fußball schauen und sich voll laufen lassen! Wir hassen diesen Scheiß und wollen stattdessen endlich mal wieder richtig gefickt werden, also suchen wir uns jetzt einige Typen, die es uns an diesem Tag besorgen, sozusagen als Vertretung für unsere Männer! Du wirst sogar noch bezahlt dafür, bekommst einen Fuffi!".

„Hm", sagte er, beleckte sich die Lippen und schaute in den Ausschnitt der Blondine, wo er große Teile ihrer Brüste erspähen konnte, „ich habe schon schlechtere Jobs gehabt." „OK, dann kommst du nächsten Dienstag, da kannst du dir dann den Rest anschauen, und nicht nur das, du musst sie sogar anfassen", sagte die Blonde lachend und fasste ihm in den Schritt! „Nicht schlecht, ich glaube wir werden gut klarkommen", sagte sie grinsend mit einem Augenzwinkern.

Die nächsten Tage konnte er an nichts anderes mehr denken, als an den bevorstehenden Job. Immer wenn er an die Blondine mit der großen Oberweite dachte, war er sehr erregt und er konnte es kaum erwarten, das sein Job endlich anfing.

Seine Freunde hatten ihn gefragt, wo er sich denn das Spiel ansehen würde. „Gar nicht, denn ich muss arbeiten", hatte er lächelnd geantwortet, wobei er sich kaum das Lachen verkneifen konnte. „Armes Schwein, das wird bestimmt ein gutes, spannendes Spiel gegen Frankreich und du musst malochen", hatte Dirk mit einem mitleidigen Blick gesagt.

Endlich war der Tag des Viertelfinales gekommen und er stand vor der Haustür und klingelte! Der Hausherr öffnete ihn mit leicht verlegenem Gesicht die Tür. „Es gibt da ein Problem", sagte er. „Die anderen beiden Typen haben abgesagt, sie wollen sich doch lieber das Spiel anschauen. Also wollten wir dich bitten, ob du nicht alle 3 Frauen übernehmen könntest, wir geben dir dann auch 200 Euro und einen Fernseher bekommst du auch ins Schlafzimmer, sodass du nebenbei auch das Spiel anschauen kannst."

200 Euro dachte er, aber dafür alle drei Tussies. Die Brünette machte auf ihn einen ziemlich gierigen Eindruck, sodass er am Zögern war, aber letztendlich lies er sich doch überreden.

Als er dann bei der Arbeit war, mäkelten die Frauen mit ihm herum. Er war nämlich nicht so recht bei der Sache, denn das spannende Spiel (und somit auch das „WM-Fieber") hatte ihn völlig gepackt und als er beim Tor für Deutschland durch den Kopfball von Hummels jubelnd aufsprang und laut „Schlaaaaand!!" schrie, wobei er natürlich seinen Stecker raus zog, wurde es ihnen zu viel und sie schmissen ihn raus.

„Da mache ich es mir lieber selber!!", schrie die Brünette und warf ihm seine Klamotten hinterher! Die dritte Frau, eine kleine Schwarzhaarige mit großen Lippen und tätowierten Armen, schmiss ihn seine Schuhe hinterher, wobei einer sein Ohr streifte. Er zog sich schnell an und stürzte ins Wohnzimmer zu den drei Männern, die sich gerade jubelnd ein Bier aufrissen. „Kann ich bei euch das Spiel anschauen, drüben kann ich mich nicht konzentrieren?", fragte er. „Na klar, setz dich doch hin", sagten Sie, gaben ihm ein Bier und stießen auf die deutsche Führung an.

Es geht doch nichts über ein gutes, spannendes Fußballspiel in geselliger Männerrunde, oder??

SCHLAAAAAND, SCHLAAAAAND!

Der sichere Tipp

Er war sich diesmal zu 100 % sicher, dass es klappen würde, hatte er doch stundenlang im Internet recherchiert.

Ja, diesmal würde sein Tippschein endlich die Kohle bringen, die er dringend benötigte. Zwar war da noch ein kleiner Rest von Unsicherheit bei dem Freundschaftsländerspiel zwischen Deutschland und Russland, aber eigentlich müsste die deutsche Mannschaft dieses Spiel gewinnen. Und dann wäre er die größten Sorgen los, hätte die wichtigsten Schulden bezahlt und auch die Kasse könnte er wieder auffüllen. Es war zwar bis jetzt niemanden aufgefallen, dass er sich für seine Zockerei hin und wieder kleine Beträge aus der Kasse genommen hatte, aber sollten sie mal eine Kassenprüfung machen... !

Lieber nicht daran denken, denn diese Vorstellung löste bei ihm Angst und Beklemmung aus. Er könnte sich auch endlich die dringend benötigten Klamotten kaufen. Vor allem Jeans; er hatte nur noch eine Jeans, die nicht zerlöchert war. Und Lebensmittel benötigte er auch unbedingt, er hatte in den letzten 3 Monaten fast 15 Kilo abgenommen und ohne einen Gürtel konnte er keine Hose mehr tragen, denn durch den großen Gewichtsverlust würden diese sofort bis zu den Kniekehlen rutschen. Aber auch sonst war sein Erscheinungsbild erschreckend. Dunkle Ränder umrahmten seine einst so klaren grauen Augen, welche tief in den Höhlen lagen. Seine Haut wirkte unrein, ja fast schmutzig und seine Fingerkuppen waren gelb vom Nikotin. Mittlerweile benötigte er mehr als eine Packung Tabak pro Tag. Auch dies wurde langsam zum Problem, denn er kaufte sich zwar schon den billigsten, aber das Geld langte in letzter Zeit nicht mehr um seinen Nikotin Bedarf zu decken, was ihn dazu zwang, manchmal ein oder zwei Pakete zu stehlen. 1000 Euro hatte er gesetzt, und er würde gut 6000 Euro rausbekommen. 5000 musste er alleine schon an diesen miesen Kredithai zahlen. Hätte er sich doch dort nie Geld geliehen. Aus 1000 Euro waren jetzt 5000 geworden und der Typ machte ordentlich Druck. Seine beiden Geldeintreiber hatten ihn vor 6 Tagen mit freundlichem Nachdruck (seine Knochen taten immer noch weh, wenn er daran dachte und sein kleiner Finger der linken Hand war gebrochen und schmerzte sehr!) hingewiesen, dass ihr Boss die Kohle innerhalb der nächsten 7 Tage haben wollte. Wenn nicht, dann... !

Also hatte er alles versetzt, was noch Geld brachte und sich bei Freunden noch 300 Euro geliehen. Wenn es diesmal wieder nicht klappt... ! Aber eigentlich war er frohen Mutes, denn Barcelona und Manchester United hatten ihre Ligaspiele souverän gewonnen und das Spiel aus der belgischen Liga (das unsicherste Spiel auf dem Tippschein) war, wie er vermutet hatte, unentschieden ausgegangen, so blieb nur noch dieses Länderspiel zwischen Deutschland und Russland, was in einer Stunde beginnen würde .

Er schaltete seinen alten Röhrenfernseher ein (seinen Flachbildfernseher hatte er für 100 Euro versetzt) und sah sich die Vorberichte zum Spiel an. Immer wieder musste er an die beiden Geldeintreiber denken. Sie hatten sich für morgen angekündigt! Solltest du da nicht die 5000 auf dem Tisch liegen haben, werden wir dir 5000 verschiedene Schmerzen zufügen, hatte der größere von den beiden, ein kahlköpfiger, muskulöser Riese (knapp zwei Meter groß) mit slawischem Akzent in sein Ohr geflüstert und ihn nebenbei den kleinen Finger gebrochen! Nein, wenn Deutschland heute nicht gewinnen sollte, dann wüsste er nicht mehr weiter.

Ach,wie tief er doch gesunken war. Noch vor 1½ Jahren war er glücklich gewesen. Sabrina und er hatten Heiratspläne, aber, als er, um die Hochzeit zu finanzieren, 1000 Euro beim Pokern verzockt hatte, war es zum Streit gekommen und sie war ausgezogen. Seitdem war er immer tiefer in diese Spielsucht rein geglitten. Aber ab morgen ist Schluss damit, nahm er sich vor. Morgen zahle ich die Schulden ab und danach werde ich kein Wettbüro mehr betreten.

Im Fernsehen wurden die Nationalhymnen abgespielt und er hatte es sich auf seiner alten Couch gemütlich gemacht! Vom letzten Geld hatte er sich ein Six-Pack Bier und eine Tüte Chips gekauft und harrte nun der Dinge, die kommen würden! Ja, er mochte Fußball, er hatte auch früher mit Kollegen schon private Wetten abgeschlossen und dabei meistens auch gewonnen! Aber seit die Wettbüros in seiner Stadt wie Pilze aus dem Boden geschossen waren, hatte ihn das Wettfieber vollständig erfasst! Anfangs lief es ja ganz gut. So jeder 3. Schein war richtig, aber seit fast einem Jahr hatte er nicht mehr gewonnen, etliche vermeintlich sichere Tipps waren über den Jordan gegangen! Dieser Schein war sein größtes Ding, denn 1000 Euro hatte er noch nie gesetzt!

Gebannt starrte er auf den kleinen Bildschirm: Das Spiel lief gut an, Deutschland spielte nach vorne und hatte auch einige Torchancen, die Russen zwar auch, aber insgesamt war Deutschland das bessere Team und nach zwei Toren von Schweinsteiger und dem zwischenzeitlichen Ausgleich der Russen stand es kurz vor Schluss 2:1 für Deutschland!

Er begann den morgigen Tag zu planen: Um 12:00 Uhr machte das Wettbüro auf, die beiden Geldeintreiber kamen meistens nachmittags, also hatte er genug Zeit um den Schein einzulösen, danach vielleicht ein schönes Mittagessen beim Griechen, denn der hatte gerade einen leckeren Mittagstisch im Angebot. Beim Gedanken daran lief ihn das Wasser im Mund zusammen! Ja, das ist eine gute Idee, dachte er sich , öffnete das letzte Bier und nahm einen tiefen Schluck!

Das Spiel war jetzt in der Nachspielzeit und der Reporter sprach von einem insgesamt verdienten Sieg der Deutschen mit 2 schönen Toren von Schweinsteiger. Aber was ist das? Kein Abseits, ein russischer Spieler läuft alleine auf Kahn zu! „Olli, den musst du halten", betete er auf seiner Couch! Doch es half nichts, der Russe lies sich diese Chance nicht entgehen und es stand 2:2! Er sackte auf seiner Couch zusammen und fiel auf den Boden.

Das kann doch nicht wahr sein, so viel Pech kann man doch nicht haben jammerte er und Tränen liefen aus seinen Augen. Was soll ich jetzt bloß machen, dachte er ich kann den beiden das Geld morgen nicht geben. Da fiel sein Blick auf die Rasierklingen im Badezimmer und er wusste was er tun würde.

Sie hatten jetzt mehrmals geklingelt, mit den Fäusten gegen die Tür geschlagen und gedroht, keine Reaktion aus der Wohnung! „Will uns kleines Arschloch verscheißern, Igor?" „Das werden ihn nicht gelingen, Pawel", meinte Igor und mit zwei, drei kräftigen Fußtritten hatte er die Wohnungstür aufgebrochen. Oben pöbelte ein Nachbar aus der Wohnung! „Halts Maul du Schwuchtel, sonst wir kommen auch zu dir!", schrie Pawel. Das Geschreie verstummte augenblicklich, und Igor und Pawel stürmten in die Wohnung.

Im Wohnzimmer standen mehrere leere Bierflaschen auf den Tisch, der Aschenbecher war voller Kippen. „Das Schwein hat sich besoffen und pennt noch", meinte Igor und rannte zum Schlafzimmer. Doch das Bett sah nicht so aus, als ob in der letzten Nacht jemand drin geschlafen hätte! „Hier ist kleines Schwuchtel auch nicht, hat sich verpisst das Arschloch", meinte Igor! „Ich sähe auf Klo nach, vielleicht ist er am kacken", sagte Pawel. „Ja, hat sich bestimmt in Hose geschissen und macht jetzt sauber diese!", lachte Igor.

Pawel wollte gerade die Tür zum Klo aufreißen, als er bemerkte, dass auf den Boden vor der Klotür eine dunkle Flüssigkeit war! Er tauchte seinen Finger rein: Das war Blut; sollte dieser Hurensohn etwa ...? Er riss die Tür auf und sah ihn in einer Blutlache liegen, in seiner rechten Hand hielt er noch die Rasierklinge.

„Igor, das Arschloch hat sich aufgeschnitten Adern," rief

Pawel! „Ah, was für eine Scheiße, das wird Boss nicht gefallen, aber was wir sollen machen?",,Ich glaube Boss kann
das verkraften, er doch gestern ein paar Tausend Euro auf
dies Fußballspiel gesetzt, du weißt, er doch tippt immer auf
unentschieden und Russland hat in letzter Minute geschossen Ausgleich ", sagte Pawel.

„Ah ja, dann er kann verschmerzen das Geld von diesem
Verlierer hier," meinte Igor, spuckte der Leiche auf den
Kopf, und die beiden verließen die Wohnung, um sich den
nächsten „Klienten" zuzuwenden!

Die Flohmarktjäger

Seit Jahren, ja Jahrzehnten waren sie auf der Jagd! Alle waren sie neidisch aufeinander und gönnten sich nicht das Schwarze unter den Fingernägeln!

Sie hatte herausgefunden, dass es in diesem Kaff etliche von ihnen gab, das war optimal für ihr Vorhaben, zumal ja auch auf den Flohmärkten noch einige aus den Nachbarstädten kamen, von den Händlern ganz zu schweigen! Bei den Händlern musste sie aber vorsichtig sein, denn die meisten von ihnen waren, genau wie sie, mit allen Wassern gewaschen und ließen sich nicht so leicht übers Ohr hauen. Die Etiketten hatte sie selber hergestellt, da es sich ja teilweise um sogenannte „White Label" Pressungen handelte, war das nicht weiter schwierig. Hier konnte sie aber auch ihre vielen Originalpressungen loswerden, deren Cover zwar okay, das Vinyl hingegen aber total „abgefeiert" war! Das machte aber nichts, denn sie hatte mit einen schwarzen Edding die Kratzer übermalt, sodass man diese hier im dunklen Tiefgaragenflohmarkt nicht erkennen konnten, sie sahen top aus!

Er war vorher schon einmal an ihrem Stand gewesen und war zu dem Schluss gekommen, dass sie die LP's viel zu günstig anbot. Es waren viele Originalpressungen von alten Beat-, Psychedelic -und Progressivrockbands dabei, und er würde sie in diesem guten Zustand nicht mehr wiederfinden! Also suchte er sich einige heraus und mäkelte dann an den Preis herum. „150 Euro für diese 20 LP's sind viel zu viel!", sagte er. Bevor sie antworten konnte, sagte ein Mann, der schon eine Weile zugeschaut hatte: „Ich gebe ihnen 200!" „Frank, du alter Gauner, du machst mir hier nicht das Geschäft kaputt, ich war zuerst hier und kaufe Ihnen die LP's für, sagen wir mal 80 Euro ab", sagte er zu der Händlerin! Die schüttelte mit einem Grinsen im Gesicht ihren Kopf und antwortete: „Ihr Bekannter hat 200 geboten, warum also sollte ich so blöde sein und Ihnen die Schallplatten für 80 verkaufen?" „Okay, dann 220 Euro", sagte er zu ihr und zu Frank gerichtet: „Du wirst diese Scheiben nicht bekommen und wenn ich dafür alles geben muss, was ich dabei habe!" „Das wirst du wohl tun müssen", flüsterte Frank ihm ins Ohr und sagte dann zur Verkäuferin: „350 Euro!" „Da habe ich ja die beiden richtigen am Stand, das kann ja sehr interessant werden", dachte sie sich!

Während Frank und sein Bekannter sich stritten, war in der Zwischenzeit ein dritter Mann dazugekommen, der sich am frühen Morgen schon die Scheiben angeschaut hatte und sagte zu der Händlerin: „Ich gebe ihnen 500 Euro!" Die beiden verstummten jäh in ihrer Diskussion und drehten sich um. „Scheiße, das ist der bekannte Sammler Achim Schwarz, da können wir nicht mithalten, höchstens wenn wir zusammenlegen und die LP's später aufteilen", flüsterte Frank Rainer ins Ohr. „Okay, wie viel hast du mit?" „500 Euro und du?!" „Ungefähr genauso viel", sagte Rainer und danach zur Verkäuferin: „800 Euro!" Achim Schwarz sah sich die Schallplatten derweil noch einmal genau an und dachte sich, dass hier irgendetwas nicht stimmen konnte, denn es war hier nicht einmal ein kleiner Kratzer zu erkennen. Sollte das etwa der Verkäufer oder besser gesagt die

Verkäuferin sein, welche völlig zerkratzte Platten mit einem schwarzen Edding übermalte? Er hatte davon von einem Bekannten gehört, der sich mehrere solcher Scheiben gekauft hatte und dann zu Hause, als er diese auf seiner teuren Anlage auflegte, nur knistern und knacken hörte mit gelegentlichen Sprüngen und Harken! Nein, er würde lieber die Finger davon lassen und diese Scheiben den beiden Geiern hier überlassen, denen eh schon der Sabber aus dem Mund lief. „Bei 800 Euro muss ich leider passen, ich wünsche euch viel Spaß mit den Scheiben", sagte er mit einem Grinsen im Gesicht! Die anderen beiden sahen ihm etwas verwundert nach, bezahlten dann aber und diskutierten, wer welche Scheiben bekommen sollte. „Am Besten gehen wir zu mir, ich habe vor einigen Tagen einen alten Thorens gekauft, der noch top in Schuss ist", sagte Frank! Währenddessen steckte sich die Verkäuferin das Geld ein und begann ihren Stand abzubauen! „Nanu, machen Sie schon Feierabend, Sie haben doch noch andere gute Scheiben?", fragte Rainer. „Mit euren 800 bin ich weit im vierstelligen Bereich, da kann ich heute mal früher Schluss machen und habe so noch etwas von dem Sonntag!" In ziemlicher Eile packte sie mit ihrem Helfer ihre Sachen zusammen und binnen einer Viertelstunde war sie verschwunden.

Als die beiden bei Frank angekommen waren, wollten sie natürlich die Schallplatten anhören. Sie waren sich in etwa einig, wie die Aufteilung sein sollte, dieses hatten sie auf der Fahrt zu Franks Haus diskutiert! „Magst du einen Whisky on the Rocks, Rainer?", fragte Frank. Rainer nickte und Frank schenkte 2 Gläser ein. „Was meinst du, welche Scheibe wollen wir zuerst anhören?" „Diese Finnische Psychedelic Rock

LP aus den 70ern, die kenne ich nur vom Namen nach", sagte Rainer! „Okay", meinte Frank, nahm die LP aus der Hülle, legte sie auf den Plattenteller und startete seinen Plattenspieler! Ungläubiges Staunen auf den Gesichtern der beiden, denn der „Klanggenuss" erinnerte sehr stark an Lagerfeuermentalität! „Was zum T......?", schrie Frank, nahm die LP und begutachtete diese mit seiner Lupe unter einer Lampe! Rainer kam auch dazu und meinte, nachdem er sich die LP genau angesehen hatte: „Es sieht so aus, als ob die Frau uns verarscht hat, sie muss die Kratzer mit einem schwarzen Edding übermalt haben!" „Verdammt, hoffentlich sind die anderen LP's nicht auch..!" Panisch legte er die nächste LP auf, hier war es noch schlimmer, die teure Nadel glitt einmal komplett über die Seite! „Scheiße, die ist ja noch schlechter erhalten", schrie er! „Die werden doch nicht ...?" Doch auch die nächsten LP's waren genauso schlecht erhalten, lediglich zwei LP's waren in einem halbwegs annehmbaren Zustand!

Derweil zählte die Verkäuferin in ihrer Wohnung die Einnahmen! Über 1700 Euro, aber in der Gegend würde sie die nächste Zeit keine Flohmärkte mehr besuchen, denn die beiden waren bestimmt sauer, dachte sie sich mit einem Grinsen im Gesicht und studierte im Internet die Veranstaltungspläne für Flohmärkte in einem anderen Bundesland!

Das Erwachen

Das Erwachen war schmerzhaft! Sein Kopf fühlte sich so an, als ob er gleich explodieren würde. Er wäre gerne noch liegen geblieben, aber der Druck auf seiner Blase war so stark, dass er sich zum Aufstehen zwang. Schnellen Schrittes lief er zur Toilette. Es kam ihm so vor, als ob er ein halbes Fass Bier auspinkeln würde, so lange musste er sich ergießen.

Nachdem er dies erledigt hatte, sah er sich sein Gesicht im Spiegel an. Es hatte auch schon bessere Tage gesehen. Dunkle Augenränder, fast pechschwarz, die Stirn voller Falten. Diejenigen, die ihn nicht kannten, würden ihn auf Mitte fünfzig schätzen, dabei hatte er noch nicht einmal die vierzig erreicht. Auch seine Zähne waren dringend reparaturbedürftig, fünf Zahnlücken, eine davon war gestern entstanden, als er sich auf die Schnauze gelegt hatte. Der Schneidezahn auf der rechten Seite war „sauber" abgebrochen, zum Glück verspürte er keine Schmerzen, was vielleicht daran lag, dass er noch geschätzte 1,4 Promille im Blut hatte.

Das war aber auch wieder mal ein ganz beschissener Tag gewesen, ursprünglich wollte er gar nicht so viel saufen, aber auf der Party war ihm langweilig geworden, und er hatte sich ordentlich einen „reingeschüttet". Dann hatte es irgendwie Ärger gegeben, um was es genau dabei ging, wusste er nicht mehr, auch an die Stunden danach konnte er sich nur noch bruchstückhaft erinnern. In irgendwelchen Kneipen war er noch gewesen, in einer war er vom Barhocker gefallen und mit dem Kopf gegen den Tresen gestoßen. Kurz danach hatten sie ihn rausgeschmissen. Draußen musste er sich dann hingelegt haben. Es war ein kalter Winterabend gewesen und hatte leicht gefroren. Das und seine mangelnde Standfestigkeit, welche eine der Auswirkungen seines Saufens war, hatten dazu geführt, dass er ausgerutscht und auf das Pflaster geknallt war, was ihn den Schneidezahn gekostet hatte. Als „Ersatz" dafür hatte er aber eine schöne Platzwunde an der Schläfe. Die war jetzt zwar verschorft, aber musste gestern stark geblutet haben, denn seine Klamotten waren voller Blutflecken. Und nicht nur das, sie stanken widerlich nach Kotze. Irgendjemand hatte ihn nach Hause gebracht. Wer das gewesen war, wusste er nicht mehr. Wie spät war es jetzt eigentlich? Er wollte auf seiner Armbanduhr nachsehen, aber die befand sich nicht mehr an seinem Handgelenk. Er ging zurück ins Wohnzimmer und suchte dort nach ihr, sie war aber nicht auffindbar, ebenso wenig wie seine Geldbörse.

Scheiße, hatten sie ihn auch noch beklaut, und er hatte eh kaum noch Kohle auf seinem Konto. Wenn er sich doch bloß erinnern könnte, wer ihn nach Hause gebracht hatte. Derjenige könnte ihm vielleicht weiter helfen. Zum Glück hatte er seine Papiere und seine Kontokarte nicht mitgenommen. Diese fand er noch an dem Ort, wo er sie immer aufbewahrte. Aber was war das für ein Zettel?

In einer kleinen Handschrift stand dort:

Na, Schnapsnase, bist du wieder erwacht? Ich habe mir erlaubt, dein Portemonnaie, deine Armbanduhr und die Kohle von deinem Konto als Bezahlung für meine Dienstleistung gestern Abend zu nehmen. Zwanzig Euro habe ich dir noch auf deinem Konto gelassen, waren ja eh nur noch 120 Euro drauf. Das sollte reichen, um dir noch ein paar Bier zu kaufen. Zusammen mit der Flasche Korn im Kühlschrank kannst du dann deinen Frust ertränken.

Schönen Sonntag und Prost!

PS: Du solltest nächste Woche deine Geheimzahl ändern und diese beim nächsten Mal nicht mehr zusammen mit der Kontokarte aufbewahren!

Er las sich diesen Zettel mehrmals durch. Stimmt, die Kontokarte war zwar da, aber der Zettel mit der Geheimzahl fehlte. Er schleppte sich mühsam zum Geldautomaten und holte sich von den letzten zwanzig Euro ein paar Halbe von der Tanke, um sich den Frust herunterzuspülen. Als er wieder in seiner Wohnung war, machte er sich eine Dose auf und spülte einen großen Schluck Bier runter, damit er den Korn (den der Unbekannte ihm gelassen hatte) nicht gleich wieder auskotzte. Aber was sollte er morgen machen? Und den Rest des Monats? Egal, irgendwie würde er schon durchkommen, dachte er sich, und legte noch einen Korn nach!

Sauftour eines Verlierers

Er wusste nicht mehr, in wie vielen Kneipen sie gewesen waren. Herbert war im „ Kalten Keller" eingeschlafen und wo die anderen beiden geblieben waren, wusste er auch nicht mehr. Die Tour hatte ihn ordentlich Kohle gekostet, aber das war ihm egal nach all den Jahren, in denen er keine Kneipe mehr von innen gesehen hatte. Sie mussten das Wiedersehen unbedingt begießen. In einer Pinte gab es etwas Ärger, das war aber kein Problem gewesen, denn seine Freunde hatten das schnell geregelt. In einer anderen Kneipe waren sie rausgeflogen, weil er das Klo vollgekotzt hatte, was dem Wirt verständlicherweise nicht so gefiel. Auch das war ihnen scheißegal gewesen, sie waren einfach weitergezogen.

Er ließ sich in der letzten Kneipe ein Taxi rufen, aber als der Fahrer ihn betrachtete, weigerte dieser sich beharrlich ihn mitzunehmen, denn der Taxifahrer bemerkte die Kotzreste auf seiner Hose und hatte Angst, dass er im Wagen weitermachen würde. Er pöbelte den Taxifahrer an und wollte dem wegfahrenden Auto seine Bierflasche hinterher werfen, welche ihm dabei leider aus der Hand glitt und sich in etlichen Scherben auf den Bürgersteig verteilte.

In seinem zugedröhnten Zustand hatte er sich dann auf den Weg nach Hause gemacht. Nach Hause, wenn man es dann so nennen konnte! Sein Kumpel Fred, der bei der Sauftour leider nicht dabei sein konnte, hatte ihm das halbe Zimmer zur Verfügung gestellt, wo er, solange bis er eine neue Wohnung gefunden hatte, auf der Couch übernachten durfte. Das Schlafen funktionierte aber nur mit einer großen Menge Alkohol, denn Fred und seine Alte waren abends im Schlafzimmer immer ziemlich aktiv und dementsprechend laut. Es gab kaum eine Nacht, in der sie nicht fickten, und die beiden besaßen eine große Ausdauer. Aber egal, für die ersten Tage oder Wochen war es erst mal okay, irgendwann würde er auch wieder eine eigene Wohnung haben.

Da er diese Gegend der Stadt nicht besonders gut kannte und im Dunkeln mit gefühlten 3,4 Promille eh alles nur noch verschwommen wahrnahm, hatte er die Orientierung verloren! Irgendwann war er umgekippt, und als er wieder erwachte, dämmerte es schon. Sein Schädel brummte wie ein Bienenschwarm, und ihm war kalt. Das erste, was er registrierte, war, dass seine Schuhe fehlten. Kurz danach nahm sein angegriffenes Gehirn wahr, dass auch seine Jacke fort war. Kein Wunder, dass ihm kalt war, denn es war Ende Oktober und die Temperaturen lagen nur knapp über dem Gefrierpunkt. Nach einem Griff in seine Hosentasche atmete er ein klein wenig erleichtert auf. Wenigstens seine Brieftasche war noch da. Er klappte sie auf, es war keine Kohle mehr drin, nur seine Papiere, also sein Ausweis, seine Kontokarte und einige Adressen und Telefonnummern von Kumpels und ein, zwei Miezen. Das war natürlich ein großes Problem, denn ohne Kohle würde ihn Fred sicher rausschmeißen, aber das war ihm momentan egal, wesentlich schlimmer war, dass er keinen Schlüssel hatte, der befand sich nämlich in seiner Jacke. Verflucht, wer hatte seine Jacke und seine Schuhe genommen und wo befand er sich überhaupt? Mit stechenden Kopfschmerzen sah er sich um: Er hatte auf einem Rasen im Park geschlafen. Mühsam richtete er sich auf und ließ seinen Blick umherwandern. Der Park sah ziemlich trostlos und trübe aus. Nebelschwaden zogen über die Rasenfläche, und es war kalt, feucht und unangenehm. In einiger Entfernung meinte sein überstrapaziertes Gehirn Bänke zu erkennen. Langsam, ganz langsam machte er sich auf den Weg dorthin, wobei ihm das Gehen leichte Schwierigkeiten machte, denn er hatte noch immer ordentlich Restalkohol im Blut. Einmal rutschte er aus, weil er in etwas Weiches getreten war, fühlte sich an wie Hundescheiße, er fasste mit seiner Hand an seinen Strumpf: Es war Hundescheiße! Mühsam wischte er sich seine Hand an dem feuchten Rasen sauber, seine Strümpfe warf er weg. Als er weitergehen wollte, wurde ihm schwindelig und er musste sich hinsetzen. Da der Rasen sehr feucht war, bekam er natürlich einen nassen Arsch.

„Guck dir mal den Typen da an!", hörte er plötzlich eine Stimme rufen. Er blickte auf, es waren zwei Punks, die wohl gerade auf dem Weg nach Hause waren. Er wollte gerade etwas erwidern, da musste er plötzlich kotzen. Die Punks blieben stehen und lachten. „Das ist ja besser als jede Party", meinte einer der beiden. „Joo!", meinte der andere und warf ihm ein Bier hin. „Da, Alter, das ist gut gegen den Nachdurst!", rief er. Er wollte erst etwas antworten, nahm aber dann doch lieber das Bier und trank die Dose in einem Zug halb leer. Aaaah, das tat gut! Jetzt ging es ihm schon etwas besser. „Der hat einen ganz schönen Zug am Leib", meinte einer der beiden Punks. „Ey, Alter, was machst du hier, bist du zusammengeklappt?" „Ja, und irgend so ein Schwein hat mir meine Jacke und meine Schuhe geklaut!" „Musst mal dahinten schauen, da liegen ein paar Penner, vielleicht war es einer von denen", sagte der Punk und die beiden gingen weiter.

Er erhob sich mühsam und machte sich auf den Weg zu den Parkbänken, auf denen sich wirklich einige Obdachlose zum Schlafen gelegt hatten. Er sah sich den ersten Typen an. Kleine Tiere, wahrscheinlich Läuse, krabbelten auf dessen Kopf herum. Angeekelt wandte er sich ab und ging zur nächsten Parkbank. Bei diesem Typen krabbelten zwar keine Tiere herum, aber die Jacke des Typen, die er als seine eigene identifizierte, war von oben bis unten vollgekotzt. „Na egal, Hauptsache ich finde den Haustürschlüssel und dann ab nach Hause", dachte er sich. Ein Griff in die rechte Jackentasche, und er fingerte den Schlüsselbund heraus. Der Penner erwachte und wollte noch Ärger machen, aber nach einem gezielten Fausthieb sank er zurück auf die Parkbank. „Du hast Glück, früher hätte ich dir dafür richtig gegeben", sagte er, steckte den Schlüssel ein, und machte sich auf den Weg zu Freds Wohnung.

Er fragte bei einigen Omas nach dem Weg und eine von ihnen konnte ihm diesen auch ziemlich genau beschreiben, sodass er nach weiteren 5 Minuten Fußweg endlich dort ankam! Fred schien nicht da zu sein, was ganz gut war, denn er wollte nicht, dass er ihn in diesem Zustand sah. Er nahm sich frische Klamotten aus seiner Reisetasche und begab sich unter die Dusche. Das Wasser, welches auf seinen Kopf prasselte, tat gut, und weckte seine Lebensgeister, besonders diejenigen, welche sein mittiges Körperteil steuerten, denn er bekam eine große Erektion. „Ich war total bescheuert", dachte er, anstatt von dem Entlassungsgeld mal in den Puff zu gehen, hatte er tagelang nur gesoffen und sich mit seinen alten Kumpels herumgetrieben, und jetzt war er ganz schön geil, hatte aber keine Kohle mehr. „Na egal, dann muss ich mir entweder irgendeine Schlampe suchen oder Handbetrieb", dachte er, trocknete sich ab und wollte zurück zu seinem Minizimmer gehen.

Als er am Schlafzimmer vorbeiging, hörte er sie stöhnend rufen: „Fred, bist du das, komm, ich bin soo geil !", lallte sie! Er überlegte kurz. Das Schlafzimmer war ziemlich dunkel und er hatte eine ähnliche Figur wie Fred, die Haarfarbe und das Gesicht waren anders, aber die alte schien total besoffen zu sein, das konnte er vielleicht ausnutzen. „Ich komme gleich Baby!", rief er mit verstellter Stimme, zog sich seine Sachen aus und betrat das Schlafzimmer. Die Alte lag nackt im Bett und stöhnte! „Also solche Gelegenheiten musst du nutzen", sagte er sich und wollte sich an die „Arbeit" machen, doch genau in diesem Moment wurde er plötzlich von hinten gepackt. Der erste Schlag brach sein Nasenbein, die nächsten beiden verursachten Platzwunden an der Schläfe und ließen ihn zu Boden gehen. Er spürte, wie seine Rippe brach, als Fred ihn in die Seite trat, dann wurde ihm schwarz vor Augen.

Als er wieder aufwachte, war ihm kalt, denn er war nackt und lag irgendwo draußen. Er konnte sein rechtes Auge kaum öffnen, denn Fred war total ausgerastet, nachdem er

ihn nackt im Schlafzimmer bei seiner Alten gesehen hatte.
Er hatte wahrscheinlich noch Glück gehabt, dass er sie noch
nicht bestiegen hatte, denn dann hätte Fred ihn wahrscheinlich „alle" gemacht. Als er sein linkes Auge öffnete und sich
mühsam aufrichtete, sah er Bäume und Sträucher um sich
herum. Die Umgebung kam ihm bekannt vor! Er registrierte
gerade, das er auf dem Rasen im Park gelegen hatte, als sich
von hinten eine Hand auf seine Schulter legte. Er blickte zur
Seite: Es war der Penner, der seine Jacke trug! „Schönen
Guten morgen!", sagte dieser und schlug ihn mit der Faust in
die Fresse!

Die Hitze

Dieses Wetter war die Hölle für ihn! Nicht nur, dass er sich mindestens zweimal pro Tag die Klamotten wechseln musste, weil diese total durchgeschwitzt waren, nein, es gab auch noch ganz andere Probleme, welche diese verdammte Hitze verursachte. Da war zunächst einmal der Alkohol, denn bei über 30 Grad konnte er das Saufen vergessen, nach ein paar Bier im Freien wäre ihm schwarz vor Augen geworden. Aber viel trinken musste er ja, also hatte er sich reichlich mit Apfelschorle eingedeckt.

Aber das Schlimmste waren die Frauen, er war gestern auf dem Flohmarkt gewesen und fast die Hälfte von ihnen war "BH-los"! Einige von Ihnen gewährten tiefe Einblicke; man konnte von ihren schönen Rundungen ziemlich viel sehen.

Am besten war die Frau gewesen, die er gestern vorm Supermarkt gesehen hatte. Ihre Brüste hatten Melonengröße und fielen ihr beim Gehen fast aus der Bluse, man konnte wirklich alles sehen! Nein, dieses Wetter war wirklich ein Problem für einen langjährigen Single ohne Selbstvertrauen und Geld. (mit Kohle hätte er wenigstens noch in den Puff gehen können, aber als Arbeitsloser ...)

Das waren seine Gedanken, als er nachts (mal wieder alleine) im Bett lag und seine Augen zufielen!

Sie beobachtete ihn schon länger, was ihm natürlich aufgefallen war. Die Frau hatte schon vorher seine Aufmerksamkeit erregt: Klein, lange blonde Haare und nette Rundungen, also genau sein Typ! Sie kam an seinen Flohmarktstand und stellte ihn irgendwelche Fragen bezüglich einer Schallplatte. „Ich würde die ja gerne kaufen, aber nur wenn du mir hilfst, meine Sachen nach Hause zu tragen." Aber ...", begann er, „dein Kumpel kommt hier auch mal eine Zeit lang alleine zurecht," blockte sie ihn ab, als hätte sie seine Gedanken erraten. „Geh nur ruhig", sagte dieser grinsend und machte versteckt das bekannte Zeichen, den Daumen zwischen Zeige-und Mittelfinger steckend! So ermutigt nahm er die Sachen der Blondine, die vorher noch die LP bezahlte, und folgte ihrem wackelnden Arsch! Bei ihr zu Hause angekommen, sagte sie etwas von „heiß" und „ein paar Drinks holen", beim Vorbeigehen streifte ihr Hintern wie zufällig seine Hose. Als sie nach fünf Minuten immer noch nicht zurück war, ging er nachsehen, wo sie blieb!

„Na endlich kommst du", hörte er ihre Stimme aus einem Zimmer! Als er die Tür öffnete, sah er sie nackt auf ihrem Bett liegen! „Na los oder brauchst du noch eine Einladungskarte", fragte sie? Blitzschnell riss er sich Hose, T-Shirt und Slip runter und sprang ins Bett!

Er wurde wach, weil ihm sein Hund am Ohr schleckte! „Oh nein, ausgerechnet jetzt", stöhnte er, „es war so ein schöner Traum!" Er stand widerwillig auf, gab dem Tier Futter, öffnete die Fenster und sah hinaus: Es schien schon wieder so ein heißer Tag zu werden!

Der Perfektionist

Er hatte jetzt schon sechsmal alles überdacht, denn er war ein Perfektionist und hasste Fehler! Und bei seinem Vorhaben durften einfach keine Fehler vorkommen. Wieder und wieder spielte er in Gedanken seinen Plan durch. „Aber was wäre wenn ...?" Ja, daran hatte er noch gar nicht gedacht, auch auf diese Eventualität musste er vorbereitet sein!

Also überarbeitete er seinen Plan noch einmal. Die benötigten Dinge hatte er schon alle eingekauft, jetzt kam es wirklich nur noch darauf an das er sich gut präsentierte, denn das, was es zu holen gab, war so mit das Wertvollste und Schönste, was er je gesehen hatte, und er durfte sich keine Blöße geben, denn sonst war alles dahin!

Er blickte auf die Uhr, noch hatte er zwei Stunden Zeit bis zu dem ganz großen Moment! Er wischte noch einmal alles ab, damit auch keine Staubspuren zu sehen waren. Dann besah er sich noch einmal das Besteck. „Hm, die Messer wirkten etwas stumpf, das könnte Probleme beim Zerschneiden geben, also schliff er sie noch einmal, wonach sie so scharf waren, dass man fast alles zerschneiden könnte. Wenn sie aber nun doch noch etwas fand? Nicht auszudenken, dann wäre alles umsonst gewesen! Nervös blickte er auf die Uhr. Es waren jetzt nur noch 40 Minuten bis zu ihrem Eintreffen. Gut, dass er die Messer noch einmal überprüft hatte, das hätte sein ganzes Vorhaben zum Scheitern bringen können, denn er hatte sich genau ausgedacht, wie er sie überrumpeln würde. Als er gedanklich seinen vermeintlich genialen Plan noch einmal durchging, klingelte das Telefon! Er nahm ab und fragte: „Moritz Mösenstecker am Apparat, wer ist da?" Am anderen Ende ertönte ein lautes Lachen! „Ha, Ha, Ha, dein Name ist einfach zu köstlich", erklang eine Frauenstimme! „Bist du das Tanja?" „Na, welche Frau sollte denn sonst dich altes verhutzeltes, Männchen anrufen? Ich wollte dir nur mitteilen, dass ich natürlich nicht komme!" „Aber warum denn nicht, das ganze Essen, der Wein und ...!" „Du alter geiler Bock hast doch wohl nicht im Ernst daran gedacht, dass ich auf so etwas, wie dich abfahre? Nein mein Lieber, geh mal lieber weiter schön zu irgendwelchen Gewerblichen, aber danke für den Schmuck und die Kohle, mein Freund hat sich köstlich über dich amüsiert!" Sie legte lachend auf!

Er stand mit dem Hörer in der Hand eine Minute fassungslos da! Er hatte wirklich geglaubt, es könnte sich heute etwas abspielen, hatte sich sogar Viagra gekauft und zwei davon geschluckt. „Ach schade, dann rufe ich eben wieder die dicke Erna aus dem Nachbardorf an", dachte er und wählte eilig ihre Nummer, denn die beiden Viagratabletten zeigten allmählich Wirkung.

Das Paradies

Eigentlich waren sie hier hergegangen, um sich zu lieben!
Denn dieses Grundstück mit der verlassenen Villa und dem
kleinen Weiher, welches von den Hippies den Namen „Paradies" bekommen hatte, war im Sommer einfach schön,
und es kamen auch kaum Leute her.

Das Schild: „Privatgrundstück, betreten verboten!" hatte sie
nicht gehindert, durch ein Loch im Zaun auf das Grundstück
zu gelangen. Sie hatten die Decke ausgebreitet, eine Flasche
Lambrusco aufgemacht und sich eine fette Tüte von dem
neuen Dope gedreht!

Und letzteres war genau **der** Fehler gewesen! Sie schafften
es nicht einmal, den Joint bis zum Ende aufzurauchen, denn
es wurde ihnen schwindlig, gleichzeitig waren sie aber auch
so breit wie nie zuvor in ihrem Leben!

Was war das bloß für ein Haschisch? Er vermutete, das man
dort Opium oder Heroin beigemengt hatte, denn sie lagen
jetzt schon einige Zeit mit geschlossenen Augen auf der Decke, unfähig etwas zu tun! Seine Hände versuchten anfangs
noch ihre Brüste zu streicheln, aber dann fiel er in ein ......:
Nichts ! Sie lagen einfach nur da mit geschlossenen Augen,
sahen im Geiste bunte spiralförmige Farbmuster und konnten sich nicht bewegen, denn ihre Knochen fühlten sich
schwer wie Blei an! Zwar hörten sie das Zwitschern der Vö-
gel, aber es kam ihnen unendlich weit weg vor! Auch mein-

ten sie leise Stimmen zu hören, aber das konnte auch eine akustische Halluzination gewesen sein!

Als sie wieder halbwegs zu sich kamen, stellten sie fest, dass sie mehrere Stunden gelegen haben mussten ! Es hatte sich mittlerweile etwas abgekühlt, und die Dämmerung hatte auch schon eingesetzt!

Sie rieben sich die Augen, und als er sie anschaute, traute er selbigen nicht! „Du kannst dich wieder anziehen, denn ich habe jetzt keinen Bock mehr auf einen Fick, vielleicht nachher, wenn wir wieder zu Hause sind," sagte er, sah auf sich herunter und stellte fest, dass er auch nackt war! Er blickte sich um: Ihre Klamotten waren nirgends zu entdecken, auch die Flasche Wein, das Dope und was noch schlimmer war, ihre Tasche, in der sich ihr Portemonnaie und die Haustür-schlüssel befanden, waren weg!

Also waren die Stimmen doch keine Halluzination gewesen, und keiner von beiden hatte bemerkt, dass man ihnen die Sa-chen ausgezogen hatte! Na gut, sie hatten eh nicht viel an gehabt, besonders Inga, die nur mit einem sehr kurzen Mini-rock und einem Top bekleidet war, das konnte man schnell ausziehen! Sie hatten eigentlich sogar noch Glück gehabt, dass keiner Inga vergewaltigt hatte, denn das wäre ohne wei-teres möglich gewesen.

Aber was sollten sie jetzt machen? Sie besaßen zwar noch die Wolldecke, aber in die konnte sich nur einer einwickeln. und um nach Hause zu kommen, mussten sie durch die In-nenstadt.

Außerdem, was sollten sie zu Hause? Ohne Schlüssel kamen sie ja nicht rein! Also was tun? Wenn ihnen nichts einfiel, konnten sie in der verlassenen Villa übernachten, aber was sollten sie dann am nächsten Tag machen? Wenn er diesen verfluchten miesen Dealer in die Hände bekommen würde, dann...!

„Mir ist kalt", sagte Inga, „und außerdem auch feucht", flüsterte sie ihm ins Ohr, „wollen wir nicht doch...?" Sie kam nicht dazu die Frage zu stellen, denn plötzlich vernahmen die beiden ein Rascheln aus dem nahen Gebüsch! „Scheiße, wenn das mehrere Typen sind , weiß ich nicht, was ich machen soll, mit einem werde ich vielleicht noch fertig", sagte Andreas !

Das Rascheln verstummte, und plötzlich wurden aus dem Gebüsch Gegenstände geworfen. Es waren: ...Ihre Klamotten! Gleichzeitig hörten sie ein Lachen, und aus dem „Unterholz" kamen zwei Gestalten.

„Ihr Arschlöcher!" schrie Inga. „Habt ihr uns die Klamotten geklaut?" „Dachtest du, der Osterhase?", fragte Markus, der sich genau wie Sebastian den Bauch vor Lachen hielt! Nachdem Andreas und Inga sich wieder angezogen hatten, erzählte Markus ihnen , dass er gestern beim selben Typen Dope gekauft hatte und es ihm genauso ergangen war. Da er wusste, dass Andreas sich auch dort eingedeckt hatte, wurde von den beiden richtig geschlussfolgert (jedenfalls teilweise), dass Andreas und Inga im Paradies einen rauchen wollten!

.

Als sie die beiden durch den Zaun schlüpfen sahen, waren sie ihnen leise gefolgt, hatten gewartet bis sie stoned auf der Decke lagen und ihnen dann ihre Utensilien abgenommen und die Klamotten ausgezogen!

„Na ja, ich bin froh, dass wir unsere Sachen wieder haben und jetzt wieder alles in Ordnung ist", sagte Andreas! „Nicht alles, eine Sache musst **DU** noch erledigen,wenn wir zu Hause sind und du weißt, was ich meine", flüsterte Inga ihm ins Ohr! Er seufzte, es würde also noch ganz schön lange dauern, bis er sich heute endlich entspannen könnte!

Ein ungewöhnlicher nächtlicher Spaziergang

Sie wussten beide nicht, wie lange sie hier schon unterwegs waren, denn das Zeitgefühl war ihnen abhandengekommen und eine Uhr besaßen sie nicht. Dieser Weg schien unendlich zu sein. Der Untergrund war irgendwie unangenehm, zuweilen spürten sie kleine Kieselsteine in ihren Schuhen, welche drückten und das Gehen erschwerten.

Aber es war ihnen egal, sie mussten unbedingt das Ende dieses Weges erreichen, denn sie waren beide gespannt, wohin dieser sie führen würde. Der Vollmond hoch oben im dunklen, klaren Nachthimmel strahlte auf den Weg, er kam ihnen wie ein großes leuchtendes Gesicht vor.

An beiden Seiten des Weges war Wald, manchmal hörten sie von dort unheimliche Geräusche. Wahrscheinlich irgendwelche Tiere, vielleicht Werwölfe oder ...! Nein, bloß nicht solche dunklen Gedanken, sonst würden sie noch auf den Horror kommen und wer weiß was dann passieren würde. Merkwürdig war, dass dieser Weg wohl zum Teil auch aus Holzbrettern, zwischen denen diese fürchterlichen Kieselsteine waren, bestand. Begrenzt war er durch längliche Streifen, die sich an der Hand ganz kalt anfühlten und silbern glitzerten. Zuweilen hörten sie in der Ferne Autogeräusche, also musste eine Straße in der Nähe sein.

Vielleicht, aber auch nur vielleicht, hatte der Typ, der ihnen das Zeug besorgt hatte, doch recht. Er hatte sie davor gewarnt in ihren Zustand eine nächtliche Wanderung zu unternehmen. Aber ihnen war sein Gerede egal gewesen, sie hatten es drinnen nicht mehr ausgehalten, und da es eine laue, warme Sommernacht war, empfanden sie den Spaziergang im Wald als angenehm. Okay, man musste bei dem Ganzen natürlich bedenken, dass gewisse Dinge welche sie, sei es akustisch, oder vor allem visuell, wahrnahmen, nur Halluzinationen waren. Als er einen Baum als riesigen Troll mit geschätzten zwanzig Armen ansah, und nicht mehr weitergehen wollte, hatten sie eine Abmachung getroffen, die besagte, dass etwas, was beide nicht sahen, eine Halluzination ist.

Sie hatte ihn bewiesen, dass es sich um einen Baum handelte, indem sie auf den Ästen nach oben kletterte. Er war ihr nach einigen Zögern gefolgt und von der Baumkrone aus sahen sie über den Wald und, etwas weiter entfernt, die Lichter der nahe gelegenen Stadt. Es war ein toller Ausblick gewesen, vor allem die Stadt mit ihren vielen glitzernden Lichtern, welche in „zig" Farben strahlten!

Irgendwann waren sie dann weiter gegangen und im Dunkeln auf diesen merkwürdigen Weg oder Pfad gekommen. Ungefähr zu diesem Zeitpunkt begann die Wirkung des Acids immer heftiger zu werden. In ihren Drogenwahn glaubten sie, dass dieser Pfad zu einem geheimen Ort oder einer geheimen Stadt führen würde, und erkannten nicht, um was es sich wirklich handelte.

In der Nähe, es konnte nicht allzu weit entfernt sein, vernahmen sie jetzt einen vertrauten Klang, rhythmisch, sich mehrmals wiederholend. Sie dachten beide darüber nach, wo sie diesen schon gehört haben könnten, denn irgendwie, trotz des LSD in ihren Körpern war irgendwo in ihren Gehirnen mit diesem Klang ein Bild verbunden, welches aber momentan nicht abrufbar war. Sie blieben auf den Weg stehen und diskutierten darüber. Sie war der Meinung, dass sie den Ton irgendwie als Warnsignal in Erinnerung hätte, aber wegen der Droge hatte sie keinen Zugriff mehr auf ihren „Gedächtnisspeicher". Ein Warnsignal? Vor wem oder was warnt es denn? Sie überlegten und plötzlich verstummte es und kurz danach hörten sie ein anderes Geräusch, irgendetwas schien sich zu nähern, der Weg, oder genauer gesagt die Abgrenzungen des Weges, diese langen kalten Streifen, die endlos erschienen, vibrierten unter ihren Füßen und eine beklemmende Angst beschlich die beiden. Etwas näherte sich mit großer Geschwindigkeit, sie konnten es jetzt schon in der Ferne sehen, es sah aus wie ein langes, schlangen- oder wurmartiges Monster mit etlichen Augen, deren Aufleuchten in der dunklen Nacht einen abgefahrenen Eindruck auf sie machte. Fasziniert blieben sie mitten auf den Weg stehen und starrten das Ungetüm an, das sich in rasender Geschwindigkeit näherte.

Er hatte aus dem Augenwinkel ein Aufleuchten hinter ihnen gesehen, gleichzeitig ein Geräusch, irgendjemand oder irgendetwas näherte sich ihnen auch von hinten!

Plötzlich ertönte eine laute Stimme! Sie rief: „Runter da, checkt ihr denn überhaupt nichts mehr?!" Kurz danach wurden sie von einigen Händen von ihrem schönen Weg heruntergerissen und landeten in einer Böschung. Oben auf den Weg raste das Ungetüm in irrsinniger Geschwindigkeit davon. Schade, dachten sie, da hätte man vielleicht auf den Rücken dieses Monstrums springen können!

Dann spürten die beiden, wie ihnen jemand ein Stück Zucker (dieser Geschmack war zu vertraut, den konnten sie trotz des LSD erkennen) in den Mund steckte und sie durchgeschüttelt wurden. „Was ist los mit euch? Ihr merkt überhaupt nichts mehr, was?" „Das Monster mit den Hundert Augen", stammelte er!

„Monster? Das war ein Intercityzug, du Idiot, ich hatte mir schon fast gedacht, dass diese Trips zu heftig für euch sind, zumal ihr auch gleich jeder drei Stück gefressen habt! Zum Glück haben wir euch noch rechtzeitig gefunden, sonst würdet ihr jetzt zermatscht auf den Bahnschienen liegen!" „Ja, er ist unser Schutzengel, sagte sie mit entrücktem Blick, siehst du denn seine Flügel nicht?"

„Lass uns die beiden bloß zu mir fahren, das wird noch ganz schön dauern, bis die wieder halbwegs klar sind", sagte er zu seinem Kumpel, der ihn bei der Rettung geholfen hatte und gemeinsam brachten sie die beiden zum Auto, das er in der Nähe geparkt hatte. Dann fuhr er mit ihnen zurück zur Stadt mit den vielen glitzernden Lichtern, hoffend, dass die beiden von dem Trip bald wieder runterkommen würden!

Der „Tod" eines Spions

Er war vor einigen Tagen hier angekommen und was er hier sah, war äußerst interessant! Nicht für ihn, denn er machte hier nur seine Aufgabe, für die er programmiert war, aber für seinen Auftraggeber! Neben Bildern, auf denen unbekleidete Frauen zu sehen waren, (einige von den Fotos waren im FSK18/SPIO JK Grenzbereich), gab es hier noch viele andere nette Dinge zu erkunden. Er musste natürlich vorsichtig sein, dass man ihn nicht entdeckte, denn es gab hier hin und wieder Kontrollen! Nicht oft, aber manchmal, und ein Kontrahent von ihm, welcher dasselbe Ziel, aber einen anderen Auftraggeber hatte, war hier entfernt worden, sozusagen von der Platte geputzt!

Er hatte eigentlich keine allzu große Bedenken, denn sein Versteck war gut gewählt, und er glaubte nicht, dass man ihn hier finden würde. Einige wichtige Informationen, wie zum Beispiel das Passwort für den Ebay Account, hatte sein Auftraggeber schon von ihm erhalten, ebenso wie einige andere verschiedene Passwörter, und auch einiges über das Surfverhalten des Besitzers und einige Bankverbindungen und E-Mail-Adressen, an denen man Kollegen von ihm hinschicken könnte! Aber wichtig waren die Zugangsdaten für PayPal und der Bank, wenn er an die herankam, war er äußerst „glücklich"! Da, was war das?! Ein neues Antivirusprogramm wurde aufgespielt, zusätzlich noch ein spezielles Tool. Ob der User was gemerkt hatte? Aber woran?

Hoffentlich wurde er nicht erkannt, in dem vorherigen Antivirenprogramm stand er nicht auf der Liste, was aber auch nicht verwunderlich war, denn er war ja eine ganz neue Programmierung! Ah, ein Scan wurde gestartet, er konnte nur hoffen, dass er als „unbedenklich" angesehen wurde! Es wäre vielleicht schon sein Todesurteil, wenn das Antivirenprogramm ihn als verdächtige Datei ansehen würde! Und das ausgerechnet jetzt, denn vor Kurzem war eine E-Mail von eBay, eine Verkaufsbestätigung, eingetroffen und kurz danach eine von PayPal, dass der Käufer bezahlt hätte! Also war durchaus anzunehmen, dass der User dieses PCs sich demnächst auf seinen Paypal-Konto einloggen würde!

Der Scan verlief äußerst langsam, das neue Antivirenprogramm schien äußerst gründlich zu sein. Es hatte jetzt schon zweimal Malware gefunden und einige Dateien als verdächtig angesehen, bzw. eingestuft.

Dann wurde er überprüft, wenn er ein menschliches Wesen wäre, würde jetzt bestimmt Angstschweiß aus seinen (nicht vorhandenen) Poren herausströmen! Jetzt musste das Antivirenprogramm doch bald fertig sein, oder? Plötzlich kam dort eine Anzeige: Trojaner gefunden und kurze Zeit später war er nicht mehr existent, denn der User hatte ihn gelöscht und so hatte er dasselbe Schicksal wie viele seiner Kollegen erlitten!

Beute

Er war sehr wachsam, und seine Augen registrierten jede kleine Bewegung. Ob sie heute wieder vorbeikommen würde? Schon seit Tagen versuchte er, sie zu erwischen. Wehe ihr, wenn er sie erst einmal in seinen Fängen hätte!

Er verstand es eigentlich gar nicht, dass er sie nicht bekam, denn er war sehr schnell. Er hatte in seinem Leben schon viele Menschen erwischt und denen auch ordentliche Schmerzen zubereitet, aber bei ihr war es etwas anderes, sie war nicht so eine einfache Beute! Er glaubte, dass sie ihn absichtlich provozierte, ihre graziöse Gangart, das Wackeln ihres Hinterteils, das machte ihn wahnsinnig. Mehrmals war sie schon hier auf dem Grundstück gewesen, aber jedes Mal war sie ihm durch die Lappen gegangen und durch ein Loch im Zaun geflüchtet.

Sie näherte sich vorsichtig dem Haus, ihre schönen, großen, leuchtenden grünen Augen sahen sich nach allen Seiten um, konnten ihn aber nicht entdecken. Sie musste äußerst vorsichtig sein, denn beim letzten Mal hätte er sie fast bekommen, aber eigentlich war sie überzeugt davon, dass er sie **nie** erwischen würde, denn er war einfach nicht schnell genug und auch nicht so wendig und gelenkig wie sie. Sollte er sie aber doch …! Nicht auszudenken, was für Schmerzen sie dann erleiden müsse, wenn sie überhaupt überlebte. Sie hatte vor einigen Wochen einmal mitbekommen, was er mit den kleinen Jungen aus der Nachbarschaft gemacht hatte, der sich, genau wie sie, durch das Loch im Zaun in den Garten geschlichen hatte. Vorsichtig und langsam, ganz, ganz langsam glitt sie durch das Loch im Zaun!

Er konnte sie jetzt sehen. Diesmal würde es klappen, denn er hatte sich in die Kuhle gelegt, dort wo vor Kurzem noch ein großer Strauch gewesen war. Etwas tiefer hatte er sie noch buddeln müssen, aber jetzt passte er wunderbar hinein, nur sein Kopf schaute ein kleines Stück heraus, gerade soviel das er mit den Augen über die Oberfläche sehen konnte! Sie glitt jetzt durch den Zaun, ihr lässiger, gewandter Gang machte ihn rasend, aber er beherrschte sich, gleich würde sie in der Nähe der Kuhle sein und dann ...

Sie konnte ihn nirgends erblicken. „Vielleicht hält er sich im Haus auf, oder ist ausgegangen! Das scheint heute eine gute Chance zu sein, den kleinen Vogel zu erwischen", dachte sie! Sie sah den Vogel, hinter dem sie schon seit Tagen her war, auf dem Rasen nach Regenwürmern picken und schlich sich langsam heran. Merkwürdig, war da nicht letztens noch ein großer Strauch gewesen und was war das, sah aus wie zwei Augen ...?

Er hatte bemerkt, dass sie den Vogel anvisierte, der ihre Beute werden sollte, wie gesagt sollte, denn vorher würde er sie packen. Als sie sich bis auf zwei oder drei Meter der Kuhle näherte, sprang er mit einem bedrohlichen Knurren, welches er sorgfältig einstudiert hatte (mehrere Menschen hatten sich bei diesem Knurren und seinem Zähnefletschen in die Hose geschissen, was seine gute Nase   wahrgenommen und ihm große Befriedigung bereitetet hatte) aus der Kuhle und versuchte, sie zu schnappen!

Sie miaute kurz auf und stellte fest, dass er ihr den Weg zum Zaunloch abgeschnitten hatte! Also entschloss sie sich zu einem kurzen Gegenangriff und hackte ihm mit ihren scharfen Krallen ordentlich in die Nase und ins Gesicht! Dadurch gewann sie die Zeit, welche sie brauchte, um zum Zaunloch zu gelangen und verschwand schnellen Schrittes!

„**Hasso**, hast du wieder die arme Katze gejagt?" ertönte eine Stimme aus dem Haus! „Du bist selber schuld, wenn sie dir ihre Krallen in die Nase gehauen hat, wir haben dir schon so oft gesagt, dass du die arme Katze in Ruhe lassen sollst!"

Hasso jaulte jämmerlich auf, seine empfindliche Nase hatte einen ordentlichen Kratzer abbekommen! Das Katzenvieh war nicht nur schnell, sondern hatte zudem auch noch sehr scharfe Krallen! „Dann werde ich mich doch lieber auf andere Beute, wie Mäuse oder Maulwürfe spezialisieren, das ist weniger schmerzhaft", dachte er und legte sich in den Schatten, um seine Wunden zu kühlen.

Der Intrigant

Er wachte schweißgebadet auf. Schon wieder dieser unheimliche Traum, in dem er in einem großen Strudel nach unten gezogen wurde. Er hatte diesen Albtraum in den letzten Wochen jetzt schon viermal gehabt, konnte sich aber nicht erklären, was es damit auf sich hatte.

„Na egal, ist nur ein Traum", sagte er sich und stand auf. „Eigentlich war er doch ein ganz netter Mann", dachte er, aber trotzdem alleine, denn niemand liebte ihn. Er hatte zwar etliche Beziehungen gehabt, aber alle waren nach einiger Zeit in die Brüche gegangen. Auch sonst im Alltagsleben hatte er kaum Freunde, und wenn mal jemand mit ihm Freundschaft geschlossen hatte, ging diese meist nach einiger Zeit wieder in die Brüche.Dabei wollte er doch nur hilfsbereit sein. Er hatte schon so eine Art soziale Ader, aber noch mehr Befriedigung empfand er, wenn er Menschen gegeneinander aufhetzen und ihnen schaden konnte. Er tat es durch das geschickte Verdrehen von Tatsachen, indem er ein, zwei kleine Sachen dazu erfand, wonach sich gewisse Dinge ganz anders darstellten. Manchmal erfand er auch Geschichten, um andere Menschen in einem schlechten Licht dastehen zu lassen. Er konnte diese so überzeugend vortragen, dass ihm jeder glaubte, zumindest diejenigen, welche ihn nicht so gut oder noch nicht lange genug kannten. In dem Mietshaus, in welchem er wohnte, hatte er auch schon so einige Intrigen gesponnen. Er liebte es, stundenlang mit seinen Nachbarn im Treppenhaus oder auf dem Balkon zu stehen und über andere Menschen herzuziehen! Diese Tratschgeschichten waren optimal, um neue Gerüchte zu streuen, aber eigneten sich auch hervorragend dafür, neue Geschichten zu erfahren und Informationen zu sammeln. Eine weitere große Stärke von ihm war es nämlich, von manchen Menschen Informationen zu entlocken, die eigentlich nur für deren Verwandten-, Freundes- oder höchstens Bekanntenkreis gedacht waren. Er hatte eine besondere Art, diese aus den Menschen herauszuholen, in dem er seinem Gegenüber mit irgendwelchen Gerüchten, welche er (angeblich) von jemandem gehört hatte, konfrontierte, die dieser oder diese dann entweder bestätigen oder dementieren musste. Taten sie Letzteres, erzählten sie dann auch nebenbei mehr als sie eigentlich wollten. Manchmal, bei Menschen, die ihn gerade erst kennengelernt hatten, erfuhr er auch Dinge, die diese eigentlich niemandem erzählen wollten.

Er hätte sich eigentlich hervorragend als Privatdetektiv oder ähnliches geeignet, stattdessen hatte er in seinem Leben immer nur irgendwelche Hilfsarbeiterjobs ausgeübt. Aber das war ihm egal, die Jobs übte er nur wegen des Geldes aus, seine Erfolgserlebnisse holte er sich mit den Intrigen. Letztens hatte er von Weitem dabei zugesehen, wie sich zwei Männer geschlagen hatten. Er hatte bei dem Aggressor das Gerücht gestreut, dass man (*er vermied bei diesen Gesprächen ausdrücklich immer den Bezug auf seine Person, und achtete stets darauf, zu behaupten, dass er gehört hätte, man hätte ihm erzählt, die Leute reden u.ä.! Manchmal, aber ganz selten, nannte er auch Namen. Das waren dann meistens Leute, welche sein Gerücht durch einen Dritten oder gar Vierten gehört hatten. Dadurch war die Spur zu ihm schwer bis gar nicht nachzuvollziehen)* Herrn Z. in letzter Zeit doch sehr oft mit seiner Frau sprechen sah, wenn sich da mal nicht was zwischen den beiden abspielt, so wie er sie immer anschaut, manche sagen ja ...! Es wäre ja schon seit einiger Zeit in Gange und ...! Das war so eines seiner miesesten Gerüchte gewesen, welches er hier gezielt gestreut hatte und gleichzeitig auch eine Art Rache, denn dieser Herr Z. hatte andere Menschen davor gewarnt, sich mit ihm abzugeben und hatte auch sonst ziemlich über ihn hergezogen, und er hasste es, wenn man schlecht über ihn redete! Mit Befriedigung hatte er dann gesehen, dass Herr Z von seinen Kontrahenten, der wesentlich größer und auch kräftiger als er war, übel zusammengeschlagen wurde! Er hatte ihm den Unterkiefer gebrochen und zwei Rippen. Anschließend hatte man ihn ins Krankenhaus gefahren, während der andere eine Anzeige wegen schwerer Körperverletzung bekommen hatte und jetzt im Gefängnis saß, denn er war in der Vergangenheit schon wegen ähnlicher Delikte aufgefallen.

Zu sehen, was für eine Macht er hatte, die nur auf Lügen, Intrigen und seiner guten Menschenkenntnis basierte, bereitete ihm tiefste Befriedigung und war fast besser als Sex! Er hatte durch sein Handeln schon vieles zerstört: Menschen hatten ihren Job verloren, Freundschaften zerbrachen, Liebespaare gingen im Streit auseinander, nur eines hatte er noch nicht geschafft, und er wollte sich jetzt daran machen, begierig zu erfahren, ob es möglich sei! Wenn er dies schaffen würde, wäre es für ihn die größte Befriedigung, die er in seinem Leben je gehabt hätte, und es würde unendlich viele neue Möglichkeiten öffnen!

Er hatte vor einigen Monaten Werner kennengelernt, der sehr leicht beeinflussbar war. Werner war genau der Mann für seine Zwecke! Bei der ganzen Sache würde er praktischerweise gleich zwei Fliegen mit einer Klappe schlagen, denn er hatte es immer noch nicht verkraftet, dass sie ihn zurückgewiesen hatte und wenn er sie nicht bekommen konnte, dann sollte sie auch kein anderer haben! Die Lügen, die er Werner erzählte, waren zunächst kleine Nadelstiche, deren Dosis er mit der Zeit allmählich erhöhte! Eine ungeklärte Frage blieb allerdings noch: Würde es ihm gelingen, die natürliche Sperre, die jeder Mensch innehat, zu lösen? Bei Werner könnte es klappen, hundertprozentig sicher war er sich aber nicht! Allerdings, wenn er daran dachte, was er bei der Sache mit Herrn Z erreicht hatte, denn dort wäre es fast zum Totschlag gekommen, dann war er eigentlich optimistisch! Bei Werner wollte er nämlich erreichen, dass dieser seine Freundin Christiane ermordete. Kleine, wohlüberlegte Lügengeschichten bezüglich des Verhaltens von Christiane und einige Andeutungen vermutlicher Untreue lenkten Werner in die Richtung, eine Richtung, welche zu zwei Toten führen würde, nämlich den Tod von Christiane und Werners, denn er konnte sich nicht vorstellen, dass Werner in den Knast gehen würde, dazu war er viel zu sensibel und weich! Wahrscheinlicher wäre, dass er Selbstmord beginge und dann, ja dann, hätte er gleich doppeltes Vergnügen. Wenn er Glück hatte, würde Werners Vater, welchen er auch nicht besonders mochte, aus Kummer auch noch verrecken! Was wäre das für eine Wonne!

Zufrieden, ja fast glücklich bei dieser Vorstellung summte er vor sich hin, als es an seiner Haustür klingelte! Er öffnete die Tür und erblickte Christiane. Ihre Augen waren stark gerötet, sie schien geweint zu haben. „Was ist denn mit dir los?", fragte er in seiner scheinfreundlichen, schleimigen Art., „Werner ist......!" Sie brach in Tränen aus. „Werner ist tot", stammelte sie schließlich, „er hat Selbstmord begangen!" „Komm ich hole uns erst mal einen Drink", sagte er, die neuen Möglichkeiten, die sich ihm boten, im Kopf durchgehend. Also hatte er es nur geschafft, Werner zum Selbstmord zu treiben, wahrscheinlich war die innere Sperre doch zu groß bei ihm gewesen. Immerhin, vielleicht konnte er jetzt durch geschickte, trostreiche Worte und scheinbar selbstlose (he, he) Hilfsbereitschaft doch noch.......!

Während er diese Gedanken weiter spann, machte er zwei starke Mischungen und reichte Christiane eine der beiden. „Komm, trink, dann wird es dir besser gehen", sagte er. „Danke", schluchzte sie, „hast du vielleicht Taschentücher im Haus?" „Leider nur Toilettenpapier, warte ich hole dir welches", sagte er, in etwas übereifrigem Ton und stellte sein Glas auf den Wohnzimmertisch ab, um ins Badezimmer zu gehen. Als er mit dem Toilettenpapier wiederkam, sah Christiane schon etwas besser aus. „Vielen Dank", sagte sie, trocknete sich die Tränen ab und leerte das Glas fast zur Hälfte auf einen Zug aus! Auch er nahm einen kräftigen Schluck und fragte: „Hat man eine Ahnung oder Idee, warum Werner das getan hat?" „Ja, weil irgend so ein mieses Arschloch, irgendeine dreckige Ratte ihm Lügen über mich erzählt hat!" Irgendetwas in ihrem Tonfall ließ ihn aufhorchen. Er konnte sich nicht erklären was, vielleicht die Betonung eines Wortes oder ...! „Was für Lügen denn?", fragte er mit unschuldigem Blick. „Dass ich andere Männer gehabt hätte, ihn laufend betrogen hätte und Ähnliches". Er trank noch einen tiefen Schluck von seiner Mischung. „Ww..., Weißt du, wer ihm das erzählt hat?", fragte er. Was war mit ihm los? Er fühlte sich auf einmal ziemlich matt, das Sprechen machte ihm auch Probleme. Christiane sagte: „Ja, wie gesagt, eine miese, kleine, verlogene, intrigante Ratte, die Freude daran hat, andere Menschen durch Lügen, Gerüchte und verdrehte Tatsachen Schaden zuzufügen, nämlich: ... Du!! Aber die Menschheit kann jetzt beruhigt aufatmen, denn das hier war das letzte Mal, mein Lieber".

„Waaas soohll daas heißen?", stammelte er, denn mittlerweile fiel ihm das Sprechen immer schwerer. Da begriff er plötzlich: „Der Drink, du verdammte Hure hast mir etwas in den Drink geschüttet", schrie er! Christiane grinste. „Ja, bald kannst du deinen Meister in der Hölle begrüßen. Nach deinem Tod werde ich das Gerücht streuen, dass dich der Selbstmord von Werner so mitgenommen hat. Dieses ganze törichte, naive Pack hier im Dorf wird mir garantiert Glauben schenken und wenn nicht, ist es auch nicht weiter schlimm, darauf, dass ich für deinen Tod verantwortlich bin, wird schon keiner kommen". „Duuu....", stammelte er, konnte seinen Satz aber nicht mehr zu Ende führen. Um ihn herum wurde es dunkel und dann fühlte er, wie er in eine Art Strudel gezogen wurde. Er sah weit weg, ganz am Ende des Strudels, brennende Lichter, welchen er sich rasch näherte. Einige Zeit später konnte er verzerrte, grausam aussehende Fratzen erkennen und hörte höhnisches Gelächter. „Das ist die Hölle", dachte er, und bereitete sich innerlich darauf vor, dem Teufel eine gute Geschichte zu erzählen.

Blutiges Vinyl

Sie wusste ganz genau, dass es ein Risiko war, abends durch das Naturschutzgebiet zu gehen, zumal hier vor Kurzem schon zwei Frauen ermordet worden waren, aber der Anruf von Ute machte einen dringenden Eindruck! Es schien so, als ob sie einen Käufer gefunden hatte und das würde ihre finanziellen Probleme etwas mindern, denn die LP's waren bestimmt einige Hundert Euro wert, vor allem dieser fürchterliche „Hippiekram" aus den 70ern und Endsechzigern, sie wusste gar nicht, das es auch in Deutschland so eine große Hippiebewegung gegeben hatte! Krautrock nannten sie die Musik, wenn man es denn als solche bezeichnen konnte!

Sie hatte jetzt den Weg erreicht, der zu der großen Wiese führte. Im Dunkeln war es hier besonders unheimlich. So langsam kamen ihr doch Bedenken, ob sie nicht doch den längeren Weg an der Straße entlang hätte nehmen sollen, zumal sie am Schluss auch noch an dem Waldstück vorbei musste, wo man die beiden Frauen gefunden hatte! Der Täter muss ein Psychopath oder Frauenhasser sein, merkwürdig war allerdings ...Was war das? Kirsten wurde jäh aus ihren Gedankengängen gerissen, denn aus dem nahen Gebüsch hörte sie ein Knacken, sollte dort etwa? Das Knacken, welches von dem Treten auf alten abgebrochenen Ästen stammen konnte, wurde lauter, und etwas kam aus dem Gebüsch geschossen! Ihr Atem stockte, sie hätte sich fast in die Hose gemacht, atmete dann aber erleichtert auf, als sie erkannte, dass es nur ein Reh war! Ihre rechte Hand hatte krampfhaft das Messer festgehalten, welches sie jetzt wieder zurück in ihre Handtasche legte.

Mach dich nicht verrückt Kirsten, dachte sie und atmete tief durch! Sie war jetzt auf der Wiese angekommen, deren Gras an einigen Stellen fast hüfthoch war. An der Seite war ein Trampelpfad, der an zwei, drei Häusern mit großen einge-zäunten Grundstücken vorbeiführte! „Ob die Bewohner nicht auch Angst vor den Frauenmörder haben, wo doch im Fernsehen ein großer Bericht über die Morde gesendet wur-de?", fragte sie sich, als sie an diesen vorbeiging. Aus der Wiese vernahm sie ein Rascheln, doch kurz bevor sie ihr Messer zum zweiten Male aus ihrer Tasche ziehen konnte, sah sie ein Rebhuhn davonlaufen! Sie war jetzt schon völlig durchgeschwitzt, obwohl es eine kühle Spätsommernacht war, und sie gerade einmal die Hälfte der Strecke geschafft hatte!

Derweil wartete Ute gespannt in ihrem Haus. Sie hoffte, dass es gut gehen würde. Kirsten war nach ihrem Anruf so-fort gestartet! Sie hatte ihr zwar ausdrücklich gesagt, nicht durch das Naturschutzgebiet zu gehen, aber Kirsten hatte ih-ren eigenen Kopf, und wenn man ihr etwas riet, oder, wie in diesem Falle, von etwas abriet, machte sie meistens das Ge-genteil! Sie hatte bestimmt den Weg durch die „Wildnis" ge-nommen. Jetzt konnte sie nur noch hoffen ...

Er hatte sich den Platz gut gewählt, hinter dieser breiten Tanne konnte er sich gut verstecken und er hatte hier eine klare Sicht über die nahe Wiese. Sie würde jetzt bald hier sein! Leicht nervös rieb er sich seine Hände, über die er ein paar schwarze Handschuhe gezogen hatte! Seinen Mantel

hatte er bis oben zugeknöpft, denn es war ziemlich ungemüt-
lich geworden. Auf eine Maskierung hatte er diesmal ver-
zichtet, anders als bei den anderen beiden Frauen, aber im
Grunde genommen war es auch da überflüssig gewesen,
denn erstens hatte er den beiden keine Chance gelassen, und
zweitens hatte er bei den Morden genau darauf geachtet,
dass keine Menschen in der Nähe waren. Es war eigentlich
schade um die beiden gut aussehenden Frauen gewesen, aber
es musste sein, denn so suchte die Polizei nach einem Serientäter. „Wenn die wüssten, was der wahre Grund ist",
dachte er.

Kirsten überlegte kurz, ob sie nicht doch noch umkehren
und den längeren Weg über die Straßen einschlagen sollte,
denn es war ihr jetzt doch etwas unheimlich hier, aber ein
Blick auf ihre Uhr verriet ihr, dass sie dann zu spät kommen
würde, und sie wusste nicht, ob der Käufer so lange warten
würde. „Ach, es wird schon gut gehen", dachte sie, sie hatte
schon gefährlichere Situationen erlebt. Also ging sie schnellen Schrittes weiter und war jetzt fast am Waldstück ange-
langt. Dort musste sie dann nur noch über das Feld, welches
neben dem Wald lag, gehen, um auf die Landstraße zu kommen, von der es nur noch zwei Minuten bis zu Ute waren.
Als sie das Feld betrat und dachte, dass sie es jetzt gleich geschafft hätte, spürte sie plötzlich, wie zwei große Hände ihren Hals packten.

Ute war nervös und blickte alle zwanzig Sekunden auf die
Uhr. Hoffentlich hatte alles geklappt. Sie hatte es erst nicht
glauben können, als Uwe ihr erzählte, dass die Schallplatten

gut 25000 Euro wert waren. Alleine die Can-Monster Movie LP war schon mindestens 4000 Euro wert, denn von dieser seltenen Erstpressung gab es nur 600 Stück, das heißt, 600 waren damals gepresst worden, einige davon waren bestimmt kaputt oder „abgefeiert", aber nicht diese. Überhaupt war Kirstens Mann sehr gut mit den LP's umgegangen.Hätten Sie gewusst, dass er so eine wertvolle Schallplattensammlung besaß, wäre er bestimmt schon früher gestorben, he, he.

Aber wo blieb Uwe? Er sollte mit Kirsten eigentlich keine Schwierigkeiten haben, denn kräftig war sie nicht besonders und bewaffnet war sie, soweit Ute wusste, auch nicht. Und dann würde alles gut werden, sie könnten endlich diese asoziale Stadt verlassen, und was noch wichtiger war, ihre Schulden bezahlen, die mittlerweile schon im vierstelligen Eurobereich waren. Der Typ machte langsam ganz schön Druck. Sie hatte ihn noch auf zwei Wochen vertrösten können. „Aber wenn dann das Geld nicht da ist, musst du die Schulden auf andere Weise begleichen", hatte er beim letzten Treffen geäußert und dabei in ihren Ausschnitt geschaut. „Eigentlich kannst du ja schon jetzt mal damit anfangen", sagte er damals und wollte ihr die Bluse herunterreißen. Zum Glück war da gerade Kirsten gekommen, und er hatte von seinem Vorhaben abgelassen! „Zwei Wochen, ansonsten bist du fällig", hatte er ihr ins Ohr geflüstert und war gegangen.

Sie hatte anfangs erwägt, Uwe von diesem Vorfall zu erzählen, aber was hätte das gebracht? Wenn Uwe den Typen verprügelt oder noch schlimmer, getötet hätte, wären die Probleme nur größer geworden.denn der Kerl hatte vier oder fünf Bruder und viele einflussreiche Freunde in der Unterwelt.

Sie sah auf die Uhr und überlegte. Wenn Uwe es nicht geschafft hatte, dann …! Nicht auszudenken! Die anderen beiden Frauen hatten ihr nicht leidgetan, es musste sein, damit die Polizei nach einem Frauenmörder suchte und Kirsten als das dritte Opfer ansahen. Und wieder sah sie auf ihre Uhr, Uwe müsste doch jetzt allmählich bald wieder da sein, hoffentlich war da nichts schiefgelaufen.

Kirsten hatte einen Schreck bekommen, als Uwes Hände wie ein Schraubstock ihren Hals pressten. Mit Einsatz ihrer ganzen Kraft gelang es ihr sich zu befreien und dem Mann in die Weichteile zu treten. Während er kurz zu Boden sank, suchte sie ihre Handtasche, die ihr beim Kampf heruntergefallen war. Als sie diese gefunden und gerade das Messer herausgezogen hatte, spürte sie seine Hände erneut an ihrem Hals. Doch bevor er ihr die Luft abdrücken konnte, stieß sie ihm die Klinge mit aller Kraft in die Brust. Röchelnd sank er zu Boden, der Waldboden verfärbte sich rot an der Stelle, wo er hinfiel. „Du Schwein!", brachte Kirsten, durch die Strangulation noch etwas schwer atmend hervor.

Neugierig wollte sie sich das Gesicht des Mannes ansehen, der zwei Frauen umgebracht hatte, und fast wären es drei gewesen. Als sie ihn umgedreht hatte, schrie Sie auf: „Das ist ja …!" „Uwe!", hörte sie eine ihr bekannte Stimme hinter sich erklingen. „Aber wie kann das sein, dass du nie etwas an seinen Verhalten bemerkt hast, Ute?" „Weil es nichts zu merken gab", sagte Ute, die zu der Leiche gegangen war und ihr das Messer aus der Brust gezogen hatte.

„Wie, was soll das heißen?", fragte Kirsten, die auf einmal ein beklemmendes Gefühl beschlich! „Du begreifst wohl überhaupt nichts, du kleine Schlampe? Uwe ist nämlich überhaupt kein typischer Frauenmörder, die anderen beiden Frauen hat er nur gekillt, damit die Bullen jetzt nach einem Serientäter fahnden, und den sollen sie auch noch nach der dritten Frauenleiche suchen, meine Liebe", sagte Ute und näherte sich mit einem teuflischen Grinsen im Gesicht.

„Aber warum, was habe ich euch getan?" Nichts, aber die Schallplatten deines lieben Mannes sind nicht ein paar Hundert Euro wert, wie du geschätzt hast, sondern mindestens 25000, und wir, das heißt jetzt nur noch ich, brauche dieses Geld und deswegen musst du … !" Doch bevor Ute zustechen konnte, hatte ihr Kirsten Erde ins Gesicht geworfen und lief Hilfe schreiend davon!

Leider schlug sie aber den verkehrten Weg ein und lief nicht über das Feld, wo sie innerhalb von zwei Minuten auf der Straße gewesen wäre, und auch nicht den Weg zurück, sondern einen Seitenweg lang, an dessen linker Seite ein von Bäumen und Sträuchern versteckter kleiner See war und auf der rechten Seite ein Maisfeld! Wohin sollte sie sich wenden oder sollte sie geradeaus weiter laufen?

Ute war von dem Dreck, den ihr Kirsten ins Gesicht geworfen hatte, überrascht gewesen, und hatte einige Sekunden gebraucht, um sich diesen aus ihrem Gesicht zu wischen.

Aus dem Augenwinkel sah sie, dass Kirsten den Weg, der an dem Maisfeld und dem kleinen versteckten See, an dem sie und Uwe im Sommer so gerne gestanden und den vielen Vögeln, die dort schwammen, zugeschaut hatten, langlief. Uwe! Erst jetzt registrierte sie, dass nicht nur ihr ganzer schöner Plan schiefgelaufen war, nein diese miese Schlampe hatte auch noch ihren Mann getötet. Das steigerte ihren innerlichen Hass, den sie schon seit längeren gegen Kirsten hegte, noch mehr und mit gezücktem Messer, welches im Mondschein hell aufblitzte, lief sie den Weg entlang. „Kleines Miststück, wo bist du?", rief sie! „Du entkommst mir nicht, ich werde dich aufschlitzen, so wie ich es mit den Fischen aus dem See hier getan habe!" Ihr vom Hass zu einer Fratze verzogenes Gesicht schaute von links nach rechts, auf jede kleine Bewegung und Geräusche in den Sträuchern und Bäumen achtend.

Kirsten, deren rechtes Bein schmerzte, wahrscheinlich war sie beim Kampf mit Uwe auf einen Stein oder etwas Ähnlichem gefallen, hatte sich im nahen Maisfeld versteckt und hoffte, dass irgendjemand ihre Hilfeschreie gehört hatte. Plötzlich kribbelte ihre Nase fürchterlich. „Jetzt bloß nicht niesen", dachte sie, konnte es aber doch nicht verhindern, das Geräusch wurde lediglich durch ihre vorgehaltene Hand etwas abgedämpft. Ihr Herz pochte laut. „Hoffentlich hat sie das nicht gehört", dachte sie, doch auf einmal erklang Utes Stimme ganz in der Nähe ihres Versteckes. „Komm raus meine liebe Freundin, ich habe etwas Schönes für dich", kicherte Ute mit irrem Lächeln im Gesicht.

Da Kirsten befürchtete, dass Ute ihr Versteck finden würde, sprang sie auf und lief Richtung Weg. Doch gerade, als sie am Weg angekommen war, sprang Ute mit einem Satz aus dem Maisfeld und riss sie zu Boden. Gleichzeitig hatte sie Kirsten mit dem Messer an der Schulter erwischt. "Sag der Welt Adieu", flüsterte Ute, und holte mit dem Messer zum tödlichen Stoß aus!

„Für diese Schallplatte würden manche Sammler einen Mord begehen", sagte Harald Bach zu Kirsten. Er betrachtete sich die Can-Monster Movie LP und gab ihr anschließend 5000 Euro.

„Wenn der wüsste", dachte Kirsten, die in diesem Moment an die Nacht zurückdachte, als Ute auf ihr liegend mit dem Messer zum tödlichen Stoß ausholte und plötzlich Schüsse fielen. Ein Anwohner aus einem der Häuser, welche an die Wiese grenzten, hatte ihre Schreie gehört und die Polizei gerufen. Ihr großes Glück war, dass sich in der Nähe ein Streifenwagen aufgehalten hatte, denn die Polizei fuhr nach den Morden in der Gegend verstärkt Streife. Diese waren im letzten Augenblick gekommen und hatten mit mehreren Schüssen, einer davon traf Utes Kopf, ihr Leben gerettet.

Fast 30.000 Euro hatte sie durch den Verkauf der LP's eingenommen. Mehr als genug um irgendwo in einer anderen Stadt noch einmal neu anzufangen und zu vergessen. Bei der Wahl ihrer Freunde würde sie aber in Zukunft etwas vorsichtiger sein.

.

Der Tod lauert am Uferrand!

Er war sehr gespannt, ob es sich noch dort befand, oder ob jemand sein Versteck entdeckt hatte. Aber eigentlich war er optimistisch, auch wenn seitdem mehr als ein halbes Jahr vergangen war. Er war tagsüber schon in der Nähe gewesen, hatte sich aber nicht getraut dem Versteck zu nähern, da bei diesem warmen Wetter, welches bis vor Kurzem noch herrschte, sich noch zu viele Ausflügler, Spaziergänger und Jogger hier herumtrieben. Außerdem hatte er bemerkt, dass man ihn observierte, denn die Bullen konnten sich ja denken, dass er es irgendwo deponiert hatte. Auch vorhin, als er losgefahren war, hatte ihn ein Wagen verfolgt, den er aber geschickt abgehängt hatte.

Er konnte sich beim besten Willen nicht vorstellen, dass man seiner Aussage Glauben geschenkt hatte. Er erzählte ihnen damals, dass es nur die Drogen und das Geld, welches sie in seiner Wohnung gefunden hatten, gab. Obwohl sie ihn sehr lange verhört hatten und ihm auch Deals angeboten hatten, wenn er Namen genannt hätte, hatte er es vorgezogen zu schweigen und sein halbes Jahr abgesessen, was sicherlich auch wesentlich gesünder für ihn war. Jetzt aber benötigte er das Geld dringend, denn er hatte einige Schulden zu begleichen und man hatte sich deswegen schon bei ihm gemeldet! Den Stoff würde er erst einmal dort lassen, denn das wäre sehr riskant, ja geradezu idiotisch diesen **jetzt** mitzu-nehmen!

Sein Versteck war wirklich gut gewählt, nachts kam hier keiner vorbei und wenn doch, dann gab es halt was auf den Kopf! Er hatte sich natürlich eine Taschenlampe mitgenom-men, denn es war ziemlich düster hier, furchtsamere Naturen als er hätten sich bestimmt in die Hosen geschissen. Das De-pot war ein riesiger Baum in der Nähe eines großen Sees. Der Baum war unten leicht ausgehöhlt, dort hatte er damals die Sachen „gebunkert", wobei er anschließend einen großen Stein vor das Loch geschoben hatte! Er war damals mit die-sem Versteck sehr zufrieden gewesen, denn er konnte sich nicht vorstellen, dass es jemand entdecken würde. Er leuch-tete mit der Taschenlampe den Baum ab und begann dann, den großen Feldstein wegzuschieben!

Ihr war schon seit einigen Minuten so, dass ihr jemand folg-te, hätte sie sich doch bloß Geld für ein Taxi geliehen, ihre Freundin hatte es ihr ja angeboten! Aber sie hatte es vorge-zogen am See entlang nach Hause zu gehen, was ungefähr eine Strecke von vier Kilometern war! Es fing an, als sie das Dorf verlassen hatte. Irgendwie war ihr so, als ob etwas oder jemand, das oder der sich in dem Ufergebüsch befand, (der See war umwachsen von Bäumen und Sträuchern) ihr folgte, denn sie konnte manchmal ein Knacken hören, so, als ob je-mand auf einen alten Ast oder Zweig trat.

Unwillkürlich fiel ihr ein, dass sie letztes Jahr eine Frauen-leiche aus dem See gezogen hatten. Die Obduktion ergab, dass die Frau vor ihrem Tod schwer misshandelt worden war. Wahrscheinlich war sie auch vergewaltigt worden, so genau konnte sie sich nicht mehr an den Zeitungsbericht erinnern. Der Gedanke daran, gepaart mit dem Gefühl, verfolgt zu werden bereitete ihr panische Angst und lähmte ihre Beine, die ihr wie Blei vorkamen. Sie schüttelte die Gedanken ab und zwang sich, immer weiterzugehen, denn es waren ja nur noch zwei Kilometer bis wieder Häuser kommen würden, und wenn sie dann immer noch der Meinung war, verfolgt zu werden, könnte sie vielleicht klingeln und sich ein Taxi rufen lassen. Was war das? Hörte sich wie ein Rascheln an! Innerlich verkrampfte sie, atmete aber erleichtert auf, als ein Fuchs aus dem Gebüsch über den Weg auf die nahe Kuhkoppel lief! „Du machst dich verrückt, Anne", dachte sie, „wahrscheinlich war das die ganze Zeit nur der Fuchs gewesen." Eigentlich war es Wahnsinn, zu Fuß nach Hause zu gehen, hier war keine Laterne, kein Haus, nur Kuhkoppeln und der See!

Sie war ihm auf der Feier sofort aufgefallen! Er hatte sie hier noch nicht gesehen, sie musste aus dem Nachbarort sein. Vom Aussehen her wie seine ehemalige Frau. Seine Frau ...! Die Erinnerungen an sie und die Misshandlungen und Demütigungen, die sie ihm damals zugefügt hatte, waren bei ihm nie ganz aus seinem Gedächtnis gelöscht worden. Am Schlimmsten war es immer gewesen, wenn sie ihn angekettet hatte und er zusehen musste, wie sie es stundenlang mit anderen Männern trieb. Zur Stimulierung hatte sie ihn vorher immer ausgepeitscht, manchmal beteiligten sich die Typen, die sie angeschleppt hatte, an den Folterungen. Nach solchen Nächten ging es ihm danach tagelang schlecht.

Doch dann war der Tag gekommen, als sie in den Urlaub gefahren waren, und an einer Steilküste bot sich ihm die Gelegenheit, ein kleiner Stoß und ...! Die dortige Polizei war zwar misstrauisch gewesen, aber sie konnten seine Version, dass seine Frau nur ausgerutscht und dann die Klippen heruntergeflogen war, nicht widerlegen! Danach ging es ihm eine Zeit lang besser. Er genoss seine Freiheit, aber die Erinnerungen an die Erniedrigungen und Misshandlungen seiner Frau kamen immer öfter hoch. Um diese zu vertreiben, fing er an, Frauen, die seiner verstorbenen Ehefrau ähnelten, zu ermorden. Nach jedem Mord wechselte er die Stadt, nicht sofort, aber ungefähr fünf bis sechs Monate danach, und bisher war man ihm nicht auf die Schliche gekommen, obwohl schon sechs Frauen von ihm ermordet wurden. Durch das Erbe (seine Frau war ziemlich vermögend gewesen) konnte er sich die Umzüge locker leisten. Eigentlich wollte er hier schon gar nicht mehr wohnen, denn er hatte hier am See schon eine Frau gekillt, diesmal ziemlich bestialisch mit etlichen tiefen Messerstichen, aber eine Krankheit zwang ihn zu einem etwas längeren Krankenhausaufenthalt. Und jetzt hatten die Träume, welche gleichzeitig Erinnerungen an seine Ehe waren, wieder eingesetzt, und er musste unbedingt etwas dafür tun, damit sie verschwinden würden.

Eine neue Wohnung hatte er schon, er würde in zwei Monaten umziehen, und er glaubte nicht, dass man ihn mit den Morden in Verbindung bringen würde, auch wenn er diesmal zwei Frauen killte. Er hatte sich eine schwarze Skimaske aufgesetzt, sodass man sein Gesicht kaum erkennen konnte, das hatte er immer getan, denn wenn mal eine entkommen sollte und eine Beschreibung abgeben würde, hätten sie ihn ziemlich schnell gehabt. Durch die vielen Narben im Gesicht, welche „Erinnerungsstücke" von seiner Ehe waren, würde die Polizei schnell auf seine Spur kommen, deshalb also die Maskierung! Er hatte sie den Weg am See einschlagen sehen und durch eine Abkürzung über einen Feldweg hatte er ihr den Weg abgeschnitten und wartete nun, im Gebüsch am Uferrand versteckt, auf sie.

Keine Geräusche aus dem Gebüsch mehr, es war wohl doch nur der Fuchs gewesen. Etwas entspannter, aber immer noch wachsam, ging sie weiter. Der Weg nahm und nahm kein Ende, hätte sie bloß nicht so viel Geld ausgegeben, und wäre lieber mit dem Taxi gefahren, zumal es jetzt auch noch anfing zu regnen. „Hat und hätte ist auch eine Firma", sagte ein Freund von mir immer, „man kann das jetzt nicht mehr ändern", dachte sie.

Er konnte sie jetzt schon sehen, sein Messer hatte er schon griffbereit in seiner von einem schwarzen Lederhandschuh überdeckten Hand, nur noch 50 Meter und dann hätten seine Albträume und Flashbacks erst einmal wieder ein Ende! Er machte sich zum Sprung bereit, als sie plötzlich stoppte. Sollte sie etwas gehört haben? Er war eigentlich sehr leise gewesen. Er wollte schon vorschnell aus seinem Versteck springen, da sah er, dass sie sich nur etwas, wahrscheinlich einen kleinen Stein oder Ähnliches, aus ihrem Schuh entfernte. Er wartete und ließ sie an ihm vorbeigehen, dann sprang er aus seinem Versteck! Sie schrie laut auf, als das Messer ihre Schulter streifte.

Was war das? Es hörte sich wie ein Schrei an, ausgerechnet jetzt, wo er das Geld aus dem Versteck holen wollte. Eilig legte er das Geld wieder zurück, schob den Stein davor, und zog seine Pistole aus der Jacke. „Mal sehen, was da los ist", sagte er sich und ging zurück auf den Weg. Dort angekommen lief ihm eine gut aussehende Blondine hilfeschreiend in die Arme! „Er will mich umbringen", sagte sie und zeigte auf ihre Schulter, von der Blut heruntertropfte. Er schaute sich die Schulter an, es sah so aus als hätte sie dort jemand mit einem Messer verletzt. Als er sich umsah, meinte er aus dem Augenwinkel einen Schatten zu sehen, irgendwo im Ufergebüsch. „Ich habe ein Auto und eine Waffe", sagte er. „Ich werde Sie nach Hause bringen." „Zuerst zur Polizei", sagte sie, „denn das war bestimmt der Typ, der vor einigen Monaten diese Frau umgebracht hat, die sie hier ganz in der Nähe gefunden haben!"

Die Polizei war das Letzte, was er gebrauchen konnte, aber darüber konnte er sich noch später Gedanken machen. Zunächst mussten sie hier weg, denn irgendjemand trieb sich hier herum und derjenige hatte keine netten Absichten und zudem ein ziemlich scharfes Messer, die Wunde der Frau war ganz schön am Bluten. Er gab ihr eine Packung Taschentücher. „Hier, pressen Sie die auf die Wunde, in meinem Wagen habe ich Verbandsmaterial!" Sie tat, was er ihr riet, und zusammen machten sie sich auf den Weg zu seinem Auto.

Der Regen wurde stärker, mittlerweile war es auch etwas windig geworden, sodass sie sich beeilten. „Ist ihr Wagen weit weg von hier?", fragte sie. „Ungefähr einen Kilometer."

„Ein Kilometer, sagen Sie was haben Sie hier eigentlich mitten in der Nacht gemacht?" Er verzog das Gesicht und blieb ihr eine Antwort schuldig. „Wir sollten uns hier unter die Bäume stellen", sagte er, „denn der Regen nimmt zu!" Sie nickte und begab sich mit ihm unter einen besonders großen Baum, und gemeinsam warteten sie darauf, dass der Regen nachlassen würde.

Er war zu euphorisch gewesen, als er sich von hinten mit dem gezogenen Messer auf sie gestürzt hatte! Eine kleine plötzliche Drehung, und er hatte nur ihre rechte Schulter erwischt. Als sie dann schreiend davonlief, hatte er gesehen, wie eine dritte Person aus dem Gebüsch gekommen war und ihr entgegenging. Schnell hatte er sich in das Gebüsch am Uferrand zurückgezogen und war dann fortgelaufen. Als er meinte, sich weit genug von den beiden entfernt zu haben, dachte er nach. Was war das für ein Mann und wo kam er her und was wollte er in der Nacht hier? Ob er von der Polizei war? Als er weiterging, konnte er in einiger Entfernung ein Auto stehen sehen. Ein Auto! Das gehörte bestimmt diesem Typen. Hm, da kam ihm eine Idee. Ja, das war besser, als hier im Gebüsch auf die beiden zu warten.

Während die beiden unter dem Baum warteten, überlegte **er,** wie er sich verhalten sollte. Er wollte auf keinen Fall mit ihr zur Polizei fahren und dort eine Aussage machen, aber sie hier alleine ihrem Schicksal zu überlassen brachte er auch nicht fertig, zumal die Frau ihm sehr gefiel. Am besten wäre wahrscheinlich, erst einmal zu warten, bis der Regen aufhört und wenn sie dann sicher in seinem Auto waren, könnte er ihr irgendeine Geschichte erzählen, warum er nicht zur Polizei mitkommen konnte.

Sie blickte ihn etwas bewundernd von der Seite an. Er war ein kräftiger, gut aussehender Mann. Ohne ihn wäre sie wahrscheinlich ermordet worden. Aber was hatte er hier zu suchen? War er auch auf dem Heimweg oder ...? Sie wusste nicht recht, warum, aber irgendein Gefühl ließ sie spüren, dass mit dem Mann irgendetwas nicht stimmte. Der Regen wurde schwächer, war jetzt nur noch eine Art Nieseln. Er sagte: „Es scheint weniger zu werden, wollen wir zu meinen Wagen gehen?" Sie nickte, schweigend gingen sie den Weg entlang, wobei sie aufmerksam die umliegenden Gebüsche, Bäume beobachteten, weil sie beide vermuteten, dass der Killer sich immer noch hier herumtrieb. Dieser musste derjenige sein, der vor einigen Monaten die andere Frau ermordet hatte. Es war merkwürdig, sie hatte ihm beim Weglaufen nur ganz kurz gesehen, aber irgendwie war sie sicher, dass sie diesen Mann kannte oder er sie zumindest an irgendjemand erinnerte, den sie in letzter Zeit irgendwo begegnet war. Die Statur, dieser Gang! Aber an wen er sie erinnerte, konnte sie nicht sagen, nur, dass es noch nicht allzu lange her sein konnte, weil sie nämlich kein gutes Gedächtnis besaß.

Der Regen hatte jetzt fast aufgehört, und sie konnten sein Auto erkennen, das er auf einem Platz in der Nähe eines Waldstückes geparkt hatte. „Ich fahre Sie nach Hause", sagte er! Aber sollten wir nicht die Polizei... ?" Mit einem scharfen „Nein!" schnitt er ihr das Wort ab! Sie erschrak, warum auf einmal dieser raue Ton, er hatte doch gesehen, was das für ein Typ war, und wahrscheinlich trieb er sich immer noch hier herum! Schweigend folgte sie ihm. „Warten Sie kurz, ich muss nur einige Sachen vom Beifahrersitz räumen", sagte er, als er die Wagentür aufschloss. Hätte er sich vorher die hinteren Türen angesehen, hätte er bemerkt, dass jemand die Linke aufgebrochen hatte. Er stieg ein, und als er sich bückte, um einige Flaschen und Müll vom Boden aufzuheben, erhob sich hinter ihm eine dunkle Silhouette. Er spürte, wie er von hinten gepackt wurde und ein kurzer Schnitt mit einem äußerst scharfen Messer beendete sein Leben!

Sie wartete nicht ab, sondern lief schnell davon. Dem Mann konnte sie eh nicht mehr helfen, denn er war mit ziemlicher Sicherheit tot! Jetzt ging es für sie nur noch um das nackte Überleben! Aber wohin? Entweder konnte sie den Weg weiterlaufen, dort kam erst nach einem Kilometer eine Gärtnerei und danach zwei, drei Häuser oder in das Uferrandgebüsch, aber hier war der See ziemlich offen, viel Rasen, nur am Wegesrand waren einige Sträucher. Sie entschied sich für die dritte Möglichkeit und lief in den nahen Wald auf der anderen Seite des Weges!

Er hatte Glück gehabt, das dem Mann nicht aufgefallen war, dass er die hintere Seitentür aufgebrochen hatte, denn dann wäre er im Auto gefangen gewesen! Gut für ihn war auch, dass der andere sich gebückt hatte, um irgendwelchen Müll vom Boden aufzuheben, so konnte er, ohne ihm eine Chance zu lassen, mit einem kurzen Schnitt seine Kehle durchschneiden! Aber wo war **Sie**? Wenn er sie nicht erwischte, war alles umsonst, und seine Träume würden ihn weiter quälen! Er sprang aus dem Wagen und sah sich um: Zurück war sie nicht gelaufen, er hatte aus dem Augenwinkel gesehen, dass sie den Weg nach vorne lief! Aber auf dem Weg befand sie sich nicht, also war die Frau entweder am Uferrand oder im Wald! Er entschied sich für den Wald, da es dort wesentlich mehr Möglichkeiten gab, sich zu verstecken! Schade, dass er kein Nachtsichtgerät hatte oder zumindest eine Taschenlampe, das wäre jetzt sehr nützlich gewesen! Aber seine Ohren und Augen waren immer noch sehr gut und er würde auf jede Kleinigkeit in und an den Bäumen achten, auf jedes Geräusch, jede Bewegung! Der Regen hatte aufgehört, aber es tropfte immer noch Wasser von den Bäumen. Es waren noch einige Stunden bis zur Morgendämmerung und er malte sich aus, was er mit der Frau machen würde! Nachts kam hier ganz selten einer vorbei, im Wald schon gar nicht und er könnte sich mit ihr zeit lassen. Ja, er würde sie büßen lassen für alles, was seine sadistische Frau ihm damals angetan hatte, genauso wie die Frauen vorher dafür gebüßt hatten! Da sie seiner Frau ähnelten, waren sie bestimmt auch so sadistisch veranlagt, das war seine Art von Logik, die Logik eines Wahnsinnigen!

Sie hatte sich hinter einem riesigen Baumstamm versteckt und hoffte, dass er den Weg weiterlaufen würde oder am Uferrand nach ihr suchen würde! Diese Hoffnung wurde leider nicht erfüllt, er durchstreifte das Waldgebiet, sie konnte nur hoffen, dass er sich möglichst weit von ihr entfernte, dann könnte sie es vielleicht wagen zum Auto zu laufen und mit diesem wegzufahren, der Schlüssel müsste in der Kleidung des Toten sein. Auf dem Weg hatte sie einen dicken Ast aufgehoben. Sie glaubte zwar nicht, dass er ihr zur Verteidigung viel helfen würde, aber besser als nichts! Sie wischte sich kurz die nassen Haare aus ihrer Stirn und hielt dann fest, ganz fest mit beiden Händen den Ast umklammert, bereit sich zu verteidigen.

Seine Augen hatten eine kurze Bewegung hinter einem der großen Baumstämme wahrgenommen! Er näherte sich aber nicht sofort diesem Baum, sondern ging in einiger Entfernung daran vorbei, um sich dann von der anderen Seite heranzuschleichen!

„Ah, er geht vorbei, wenn er weit genug weg ist, werde ich zum Auto laufen", dachte sie! Kurz bevor er sich umdrehte, fing sie an zu laufen. Ein kurzer Blick zurück und sie sah ihn kommen! Und verdammt, er war ziemlich schnell! Also steigerte sie ihr Tempo und es gelang ihr wirklich, das Auto zu erreichen! Blitzschnell öffnete sie die Tür und suchte bei dem Toten den Autoschlüssel! Verdammt wo war er bloß? Die Zeit drängte, sie hörte die Schritte des Killers, der immer näher kam! Endlich fand sie den Schlüssel auf dem Boden, aber gerade als sie den Schlüssel aufheben wollte wurde die Tür aufgerissen! Sie konnte um Haaresbreite dem tödlichen Stich ausweichen und riss die Beifahrertür auf! Was war das? Hörte sich wie ein Auto an, das sich näherte! Um Hilfe schreiend lief sie in die Richtung, aus der das Motorengeräusch ertönte. Als sie dem Auto näher kam, atmete sie erleichtert auf, denn es war ein Polizeiwagen. Winkend und schreiend lief sie auf den Wagen zu, doch als sie schon dachte sie wäre gerettet, stolperte sie über einen Ast, und als sie wieder aufstand, spürte sie etwas kaltes Metallisches an ihren Hals! „Keine entkommt mir!", flüsterte er ihr ins Ohr, von einem irren Lachen, das jedoch plötzlich verstummte, als eine Kugel seinen Arm traf, worauf er das Messer fallen ließ!

Er sah auf; Der Streifenwagen war stehen geblieben und ein Beamter war ausgestiegen und hatte auf ihn geschossen! Panik ergriff von ihm Besitz! Er stieß die Frau weg und rannte Richtung Seeufer! „Halt, stehen bleiben, Polizei!", ertönte es, gefolgt von einigen Schüssen, welche ihn aber verfehlten, da er schon außerhalb der Sichtweite des Scheinwerfers war! Er lief in Richtung Uferrand, denn hier im Gebüsch, würden sie ihn im Dunklen nicht finden. Als er sich noch einmal umdrehte, stolperte er über einen großen Ast, verlor das Gleichgewicht und schlug dann mit seinem Kopf auf einen großen Feldstein auf!

„Wenigstens ein gutes Werk hat dieser kranke Psychopath noch getan", sagte der Kommissar der Mordkommission zu seinem Kollegen vom Rauschgiftdezernat. „Hinter dem Feldstein war ein Baum mit einer Aushöhlung und dort hatte Dein „Spezi" seine Drogen und eine nicht unerhebliche Menge Geld gelagert". „Ja, so hat er uns mit seinem Tod einen doppelten Dienst erwiesen!"

Die Befreiung

Der Spaziergang durch den Wald tat ihm gut. Die Stille, mal abgesehen vom gelegentlichen Vogelgezwitscher, war Balsam für seine Seele, welche arg mitgenommen war. Wieder und wieder spukte ein einziger Gedanke in seinem Kopf herum. Sollte er es tun? Jeden Tag vernahm er ihre Stimme in seinem Kopf, die ihn darum bat, ja anflehte, er möge sie doch bitte befreien. Eingesperrt im Dunkeln, dort wo niemals ein Lichtstrahl hinkam, musste sie leiden und die Einsamkeit und vor allem der Wunsch bei ihm zu sein, bereiteten ihr unendliche Qualen.

Auch er litt unter der Trennung, war sie doch seine ganz große Liebe gewesen, und dann hatte man sie ihm weggenommen. Aber **wie** sollte er sie von dort jemals wieder heraus bekommen? Tagsüber waren viel zu viele Menschen dort, es war unmöglich sie ungesehen aus ihrem Gefängnis zu holen und mit ihr zu fliehen.

Blieb also nur... **die Nacht**! Aber selbst das musste er genaustens planen, vor allem ihren Abtransport, denn sie würde kaum gehen können, geschweige denn laufen, nachdem sie sich jetzt schon wochenlang in diesem kleinen, engen Verlies befand, wo sie sich kaum bewegen konnte. Fast jeden Tag war er in ihrer Nähe gewesen und irgendwann, als gerade niemand in der Nähe war, hatte sie ihn angefleht sie zu befreien. Er hatte es ihr geschworen, und seitdem beschäftigte er sich kaum noch mit etwas anderem als der Planung ihrer Befreiung! Seine Freunde und seine Eltern hatten mehrmals angerufen und gefragt, ob er Probleme hätte und alles in Ordnung sei, weil er sich doch kaum noch bei ihnen meldete. Er hatte sie beschwichtigt und ihnen erzählt, dass er nach der Sache mit Vera einige Zeit alleine sein müsste. Er hatte sich auch zwei Wochen Urlaub genommen, denn in seinem Zustand hätte er sowieso nicht arbeiten können. Sein Chef hatte ihn in den Arm genommen und zu ihm gesagt: „Bleibe doch mal einige Zeit zu Hause und verarbeite die ganze Sache, und nach 2 Wochen können wir dann weiter sehen!" Der hatte gut reden, als ob das so einfach wäre! Nein, es würde ihm erst wieder besser gehen, wenn Vera wieder bei ihm wäre!

Dann endlich hatte er seinen Befreiungsplan fertig, und die Nacht, in welcher er ihn in die Tat umsetzen wollte, war gekommen. Er hatte eine Stelle gefunden, welche an einer Ecke des großen Grundstücks war und die ziemlich im Dunkeln lag. Hier patrouillierten die Wächter kaum. Es hatten vor ihm schon irgendwelche Leute den Draht aufgeschnitten, das mussten Kinder gewesen sein, denn für seinen Körper (Er war 1,94m groß) war das Loch viel zu klein, um sich da durch zu zwängen. Er hatte sich aber passendes Werkzeug mitgenommen, und es gelang ihm ziemlich schnell die Öffnung zu vergrößern. Bevor er durch das Loch im Zaun das Grundstück betrat, ließ er sich noch einmal alles ganz genau durch den Kopf gehen. Er musste Vera tragen, da sie nicht würde laufen können, deshalb hatte er in unmittelbarer Nähe sein Auto geparkt. Er würde sich beeilen müssen, denn er wusste, das sich zwar nicht so viele Menschen wie tagsüber auf dem Grundstück aufhielten, aber es gab immerhin 2 oder 3 bewaffnete Wächter, und auch die Polizei fuhr hier manchmal Streife, denn vor einiger Zeit hatte es hier irgendwelchen Ärger gegeben. Welcher Art, wusste er nicht, vielleicht hatte da auch ein Mann versucht seine Freundin oder Frau zu befreien! Nachdem er so seinen Plan ein letztes mal im Kopf durchgegangen war, zwängte er sich durch die von ihm geschaffene Öffnung auf das Grundstück und ging in die Richtung, wo sie Vera gefangen hielten! Von Zeit zu Zeit musste er seine Taschenlampe anschalten, denn es waren hier viele kleine Wege und ein,- zweimal war er sich nicht ganz sicher, konnte sich dann aber nach eingeprägten Merkmalen, wie zum Beispiel einer riesigen Zeder an einer Weggabelung, orientieren. Endlich war er angekommen, Veras Gefängnis befand sich vor ihm. Er kniete sich auf den Boden und flüsterte, in der Hoffnung, dass sie ihn hören würde: „Gleich bist du wieder frei, mein Liebling!" Danach machte er sich an die Arbeit!

Rainer machte seinen üblichen Kontrollgang außerhalb des Geländes, Herbert und Peter saßen derweil drin und spielten Karten. Eigentlich sollten die beiden innerhalb des Geländes Kontrollgänge machen, aber seit dem letzten Vorfall hatten sie die beiden Tore repariert und erneuert, so dass dort eigentlich niemand hinein konnte, höchstens durch ein Loch im Zaun könnte jemand eindringen, und diesen zu kontrollieren, war sein Job. In einiger Entfernung sah er ein Auto stehen. Merkwürdig, wer treibt sich denn hier um diese Uhrzeit herum? Das nächste Haus war ungefähr einen Kilometer weit entfernt. Er leuchtete mit seiner Taschenlampe in das Auto, konnte aber nichts Auffälliges erkennen. Seltsam, dachte er sich, ging weiter und machte auf einmal große

Augen. Hier hatte jemand ein großes Loch in den Zaun geschnitten! Er leuchtete auf den Boden: Die Fußspuren, die er
sah, waren noch frisch. Schnell nahm er sein Funkgerät und
benachrichtigte die beiden anderen. „Hallo, hier ist Rainer,
wir haben Besuch, an der Westseite hat jemand ein Loch in
den Zaun geschnitten, ist ganz frisch!" „Ein Auto parkt hier
auch in der Nähe, ist wahrscheinlich von dem, der durch das
Loch eingedrungen ist"! Hoffentlich ist das nicht wieder so
ein Irrer, wie damals diese Satansjünger oder was sie darstellten", sagte Herbert am anderen Ende!" „Keine Ahnung",
meinte Rainer, „ich gehe durch den Zaun, benachrichtigt
derweil die Polizei." „Okay passe aber auf dich auf, man
kann nie wissen, was für ein Verrückter das wieder ist, "
sagte Herbert!„Wird schon nichts passieren, " antwortete
Rainer und glitt durch das Zaunloch.

Mit seiner Taschenlampe leuchtete er den Weg ab und gab
den anderen beiden die ungefähre Richtung durch! Jetzt
konnte er den Eindringling in einiger Entfernung sehen, was
machte der Typ da bloß? Er hob etwas Großes vom Boden
auf, es sah fast aus wie ein Mensch, sollte er etwa? Das wäre
ja krank! Entgegen der Warnung seiner beiden Kollegen
wartete er nicht, sondern schlich sich mit gezogener Waffe
an den Mann heran.

Er hatte es geschafft, er hatte ihr Gefängnis aufgebrochen.
Er hielt sie jetzt in seinem Arm und streichelte ihr Gesicht.
Sie roch zwar etwas unangenehm, aber das führte er darauf
zurück, dass man sie in diesem engen unterirdischen, viere-
ckigen Verlies jetzt wochenlang eingesperrt hatte. Da es dort
keine Waschgelegenheit gab, konnte sie sich nicht der Hy-

giene „widmen". Plötzlich hörte er leise Schritte, die sich näherten, und eine Stimme rief: „Hände hoch und fallen lassen!" Langsam, ganz langsam legte er Vera auf den Boden. Rainer näherte sich mit gezückter Waffe, die er auf ihn gerichtet hatte. „So, mein Freund", sagte er, hielt mit einem Aufschrei aber mitten im Satz inne, als er Vera auf dem Boden erblickte. Diesen kleinen Augenblick nutzte der andere, griff sich das Werkzeug mit dem er Vera befreit hatte und mit einem wuchtigen Schlag drang dieses wie in einem schlechten Splatter-Film durch die Stirn von Rainers Kopf. Rainer fiel, wie vom Blitz getroffen, sofort tot auf den Boden. Schnell nahm er ihm die Waffe ab, hob Vera wieder vom Boden auf und lief los.

Herbert und Peter wunderten sich, dass Rainer sich nicht mehr meldete. „Komisch, sein Funkgerät scheint eingeschaltet zu sein, ich höre Geräusche warum meldet er sich nicht? Hoffentlich kommt die Polizei gleich", sagte Peter, „das kommt mir nicht geheuer vor. Wir müssen jetzt ganz in der Nähe sein, von wo Rainer sich das letzte Mal gemeldet hat", sagte Herbert, leuchtete mit seiner Taschenlampe die Umgebung ab und schrie plötzlich laut auf! Sie hatten Rainer gefunden, waren aber leider zu spät gekommen, der Irre (es musste ein Irrer sein, denn ein geistig normaler Mensch würde das, was sich hier abgespielt hatte, niemals tun!) hatte ihm einen Spaten in den Schädel gehauen, welcher immer noch in seinem Kopf steckte. Aus diesem Spalt in seinem Schädel rann Blut auf den Weg, wo sich schon eine kleine Lache gebildet hatte.

Sie sahen sich um: Ein Grab war aufgewühlt und der Sarg aufgebrochen. Die Leiche, laut Grabstein eine Vera Maier, war verschwunden! „Komm, vielleicht erwischen wir das Schwein noch", sagte Herbert! Rainer war für Herbert nicht nur ein Arbeitskollege, sie waren auch seit vielen Jahren gute Freunde gewesen. Herbert und Rainer leuchteten den Boden ab, fanden die Spur des Mörders und Leichendiebes und verfolgten diese mit gezogener Pistole!

Er hatte das Zaunloch erreicht. Zunächst schob er Vera durch den Zaun nach draußen, wo zwei Hände sie in Empfang nahmen, was er aber nicht erkennen konnte. Der Polizist, dem die Hände gehörten, konnte, ob des Anblicks der Leiche nur mühsam einen Aufschrei unterdrücken! Als der „Befreier" dann durch das Zaunloch durchgeschlüpft war, blendete ihn ein grelles Licht, und er spürte zwei Schusswaffen an seinem Kopf!

„Nein, uns ist nicht an ihm aufgefallen", sagten die Eltern dem Psychiater, „allerdings haben wir ihn seit Veras Tod auch nicht oft gesehen, er war sehr verschlossen, aber das kam uns nur allzu natürlich vor. Ihr Tod hatte ihn sehr mitgenommen, denn die beiden waren als Kinder in der Schule schon zusammen gewesen. Der alte Friedhofsgärtner hatte uns einmal erzählt, dass er bemerkt hatte, wie er am Grabe einige Male Selbstgespräche geführt hatte. Aber daraus zu schließen, dass er …! Nein das hätten, wir nie vermutet!" Sie brauchen sich keine Selbstvorwürfe machen, Sie hätten seine Krankheit auch nicht erkannt, wenn Sie öfter mit ihm zusammen gewesen wären. Er gibt sich in seinem Unterbewusstsein die Schuld an ihrem Tod, und als sie gestorben war und beerdigt wurde, hatte er sich in die Wahnvorstellung geflüchtet, dass man sie in eine Art unterirdischen Kerker gefangen hielt. Er hörte am Grab ihre Stimme, die ihn anflehte sie zu befreien, so in etwa erzählte er es uns vorhin. Er wollte übrigens von uns wissen, ob sie entkommen ist oder ob man sie wieder eingesperrt hatte.

„Fürchterlich", sagte sein Vater, „Veras Eltern haben einen Schock bekommen, als sie von der Sache erfuhren, sie haben noch nicht einmal ihren Tod verarbeitet und dann das! Meinen Sie denn das er wieder gesund werden kann, und wird man ihn für den Tod an dem armen Friedhofswärter verurteilen?", fragte die Mutter. „Was das letztere angeht, da kann ich nur sagen, dass er völlig unzurechnungsfähig ist. Ob er jemals wieder gesund wird können wir zum jetzigen Stand der Untersuchung nicht sagen. Fest steht, dass er in diesem Zustand eine Gefahr für die Menschheit ist!"

Er saß in seiner Zelle und dachte an Vera! Vera, Vera, Vera! Hoffentlich ging es ihr gut. Man hielt ihn hier für verrückt und wollte ihm erzählen, dass Vera schon seit Monaten tot war, aber er wusste es natürlich besser. Die schienen ihn für ganz schön dumm zu halten. Irgendwann würde er hier wieder rauskommen, und dann würden sie wieder zusammen sein und alles würde gut werden, sie würden …!

Da hörte er ihre Stimme: "Frank, du brauchst dir keine Sorgen zu machen, mir geht es gut, sie haben mich nicht bekommen und auch du bist hier bald wieder raus, denn ich werde dich befreien!" „Sie" verstummte, da der Krankenpfleger kam. Mit einem Grinsen im Gesicht zog Frank sich in eine Zimmerecke zurück und „blickte" voller Zuversicht in die Zukunft!

Fortsetzung folgt vielleicht!

Insektenstiche

Er konnte alle ihre Gedanken, Empfindungen, Ängste, Freuden, Befürchtungen fühlen! Es war so, als ob er Gedanken lesen konnte. Wie war das möglich, besaß er jetzt auf einmal so eine Art telepathische Fähigkeit? Er kannte die Frau gar nicht, hatte sie nur zwei- oder dreimal gesehen, sie war erst vor Kurzem im Nachbarblock eingezogen! Es war wirklich unglaublich, er kannte jetzt ihre Lieblingsfarben, ihre Lieblingsschuhe, Vorlieben, Abneigungen und ...! Er wachte schweißgebadet auf, seine Stirn juckte, er hörte noch ein Surren, irgendetwas, wahrscheinlich eine Mücke, hatte ihn gestochen! Er machte Licht und sah sich um, konnte den Blutsauger aber nicht mehr entdecken. Ein Blick in den Spiegel ließ ihn erkennen, dass er eine ganz schöne Beule von dem Stich bekommen würde. Er musste mal nachsehen, ob er noch etwas Salbe hatte.

Als er wieder ins Schlafzimmer kam, sah er in den Katzenkorb. Sein Kater sah in letzter Zeit immer schlechter aus, er machte sich Sorgen, denn sein vierbeiniger Freund war so ziemlich alles, was ihm noch geblieben war. Die Muskulatur des Katers hatte in den letzten Monaten rapide abgenommen, und durch seine Krankheit zog er eines seiner Hinterbeine nach! Es war traurig, aber er würde den Kater wohl bald einschläfern lassen müssen, ein halbes Jahr, vielleicht noch ein Jahr und dann ...! Ihm liefen die Tränen runter, als er darüber nachdachte, aber er wollte nicht, dass sich das Tier nur noch quälte! Dann wischte er die trüben Gedanken beiseite und dachte über den Traum nach. Irgendwie war ihm unheimlich zumute, der Traum hatte ihm (scheinbar) so viel über diese Frau offenbart, obwohl er sie kaum gesehen und sich auch keine Gedanken über sie gemacht hatte, denn er hatte die Hoffnung innerlich eh schon seit einigen Jahren aufgegeben, eine Freundin, Lebensgefährtin oder wie immer man es auch bezeichnen wollte, zu finden. Nein, in puncto Liebe sah es noch viel schlimmer aus als mit Arbeit, denn Arbeit hatte er wenigstens zwischendurch mal einige Jahre gehabt, obwohl er jetzt auch schon über zehn Jahre arbeitslos war. Sollte dieser Traum etwa ein Hinweis sein? Oder war er ein Wunschtraum? Er wusste es nicht und kam auch zu keinem Ergebnis, obwohl er lange darüber nachdachte. Schließlich gab er seinem schlafenden Kater einen Kuss auf den Kopf, streichelte kurz über seinen Rücken und legte sich wieder schlafen.

Sie stand auf und sah in den Spiegel. Der Stich auf ihrer Stirn war jetzt endlich etwas abgeschwollen! Obwohl seit dem Traum schon zwei Tage vergangen waren, musste sie immer noch an ihn denken. Im Traum konnte sie alle Gedankengänge der alten Frau, welche neben ihr wohnte, erfassen, ihre Ängste, ihre Hilflosigkeit, es war wie Telepathie oder Gedankenlesen. Sie kam zu der Schlussfolgerung, dass sie sich wohl im Unterbewusstsein Gedanken über die arme alte, einsame Frau gemacht haben musste und diese dann im Traum verarbeitet hatte. Jedenfalls hatte sie ihr seit dem Traum einige Male bei Haushaltsarbeiten geholfen und für sie eingekauft. Die alte Frau war ihr sehr dankbar gewesen, und es war ein gutes Gefühl, etwas Soziales getan zu haben.

Mohr, der schwarze Kater, träumte von seinem menschlichen Freund. Im Traum konnte er die Liebe seines Menschenfreundes spüren, aber auch die Sorge und Angst, die der Mensch um ihn hatte. Mohr konnte die Gedankengänge des Menschen erkennen, seine Befürchtung, dass er, Mohr, nicht mehr lange leben würde und er dann alleine sein würde. Auf einmal wurde er wach, weil ihm irgendetwas in die Stirn gestochen hatte. Er hob den Kopf und sah mit seinen schönen grünen Augen, wie ein Insekt davon flog. Vor einigen Jahren noch wäre sein Jagdinstinkt geweckt worden, aber jetzt war er alt, die Muskulatur um seine Gelenke baute stark ab, und eigentlich wollte er nur noch essen, trinken und schlafen. Dann erinnerte er sich an den Traum, nahm all seine Sprungkraft zusammen und sprang aufs Bett, wo er seinen Menschenfreund über die Hand und dann über die Stirn leckte. Der Mann wurde wach und lächelte glücklich, als er Mohr ansah. „Heute scheint es ihm ja gut zu gehen", dachte er und freute sich darüber.

Einige Tage später wachte er wieder glücklich lächelnd auf. Er hatte seine Schüchternheit überwunden, hatte seinen Herzen einen Stoß gegeben und die Frau aus dem Nachbarblock angesprochen. Und wirklich, er hatte Glück gehabt, sie lag jetzt, leise schnarchend, neben ihm. Wieder dachte er an diesen Traum zurück, vielleicht war der Traum so eine Art Zukunftstraum gewesen, oder ein Wunschtraum, der in Erfüllung gegangen war. Auch dem Kater ging es in letzter Zeit etwas besser, Regina hatte ihn auch sofort in ihr Herz geschlossen. Jetzt wurde sie auch wach und fragte ihn verschlafen: „Wie spät ist es denn?" „Noch mitten in der Nacht, kurz nach drei Uhr", antwortete er und erblickte aus den Augenwinkeln ein Leuchten am Abendhimmel. Er stand auf und stellte sich an das Fenster. Er sah ein leuchtendes Objekt am Himmel, aus welchem ein kleiner Lichtstrahl kam, der plötzlich, ebenso wie das Objekt, verschwand. „Was war das?", fragte Regina. „Ich weiß nicht, vielleicht ein UFO", antwortete er und streichelte Mohr, der seinen Kopf gegen sein Bein rieb. „Ach, hör doch auf, UFOs gibt es nicht, komm wir legen uns noch ein paar Stunden schlafen", sagte Regina!

Oben in seinem Raumschiff hatte er das Insekt wieder an Bord gebeamt und danach für die Weiterfahrt eingefroren „Naja", freute er sich", wenigstens die drei sind jetzt wieder glücklich!" Aber bei vielen Menschen hatte der Stich nicht den gewünschten Effekt gehabt. „Nein", dachte er, „ich freue mich zwar für diese drei Lebewesen, aber damit diese Spezies, die sich Menschen nennt, wieder glücklich werden, müsste man Millionen von den Insekten auf diesen Planeten fliegen lassen und selbst dann war er sich nicht sicher....! Nein, er würde diese sogenannten Menschen ihrem Schicksal überlassen, denn er hatte nicht den Eindruck, dass man ihnen helfen könne. Sie waren auf dem besten Wege sich selber und den Planeten zu zerstören. Er dachte an die giftigen Schadstoffe von den Fabriken, welche sie in die Atmosphäre ließen, an die vielen vergifteten Gewässer und sonstige Umweltverschmutzungen, die Erderwärmung und die ganzen Kriege, die es auf diesem Planeten gab, und beschloss, weiter zu ziehen. Vielleicht fand er ja einen anderen Planeten, wo er die Insekten sinnvoller einsetzen konnte, bei einer anderen Spezies, die dieses auch verdienten.

Der Tod

Er kommt zu uns, egal ob jung, ob alt!
War er da, werden unsere Körper kalt!
Er kommt mal unverhofft, mal angekündigt,
warst du auch fromm oder hast du gesündigt.

Manchmal ist er für uns auch ein Erlöser.
Manchmal gut, manchmal auch ein Böser.
Er ist der Schluss einer Lebenszeit.
Viele sind für ihn noch nicht bereit.

Mantel und Sichel sind seine Symbole.
Er bekommt für den Job keine Kohle.
Ebola,Cholera und die Pest
sind für ihn ein Freudenfest!

Man findet ihn im Elend und in der Not!
Bist DU für ihn bereit, den Gevatter Tod?!

Fremde Stimmen

Zorn und Hass sind in seinem Kopf,
und das Bestreben zu zerstören.
Sein letztes Opfer hängt am Tropf.
Er kann nicht mehr aufhören.

Fremde Stimmen geben ihm Befehle,
leiten ihn und seinen Zerstörungstrieb.
Sie drangen tief in seine kranke Seele
und bildeten ihn aus zum Lebensdieb.

Menschen starben durch seine Hand,
denn der Wunsch zu töten wurde zur Gier.
Er verlor vollkommen den Verstand,
und die Stimmen machten ihn zum Tier.

Mitleid und Reue hat er nie besessen,
doch tief im Inneren war eine Sperre.
Die Stimmen haben sie zerfressen.
**Niemand** kommt ihn in die Quere!

Der Tod ist sein Gefährte, sein Begleiter.
Doch irgendwann nimmt der Tod ihn mit,
und er steigt mit ihm hinab die Höllenleiter.
Dort lacht der Teufel, fasst sich in den Schritt.

Die Stimmen sind auf einmal ganz verstummt.
Er fühlt sich plötzlich verlassen und ganz alleine.
Da hört er eine Melodie, die der Teufel summt.
Der sagt: „Es gab keine **Stimmen**, nur die meine!"

Kampflos

Sie sind keine Kämpfer des Lichts,
und auch keine Kämpfer der Dunkelheit.
Sie glauben an nichts,
und töten die Zeit.

Sie leben mit der Hand vorm Mund,
und betrinken sich, auch ohne Grund.
Mit den Leben haben sie abgeschlossen.
Früher haben sie es mal genossen.

Jetzt sind sie in die Jahre gekommen,
und wirken alt, müde und mitgenommen.
Keine Zukunft, keine Träume,
sie sind wie sterbende Bäume.

Der Tod könnte für Sie eine Erlösung sein.
Doch vorher ziehen sie sich noch ein paar Biere rein,
und taumeln besoffen durch die Nacht.
Am nächsten Tag sind sie verkatert erwacht.

Nein, sie werden die Kurve nicht mehr kriegen,
denn sie können sich nicht mehr verbiegen.
Es ist schade, denn sie waren gute Kerle,
aber das Schicksal machte aus keinem von ihnen eine ge-
sellschaftliche Perle!

Auf dem Lande

Psychedelicmusik ertönt aus den Boxen.
Das Zimmer ist voll mit süßem Rauch.
Draußen füttert ein Bauer seine Ochsen.
Du liegst träumend auf deinem Bauch.

Ich lausche den disharmonischen Klängen.
Der Teppich wellt sich wie ein Meer!
Wir fühlen uns befreit von allen Zwängen.
Man hört keine Autos, keinen Verkehr.

Vogelgezwitscher, aber ansonsten Ruhe.
Ein Reh grast auf einem Feld.
Unser Hund beknabbert deine Schuhe.
Kein Luxus und nur wenig Geld.

Diese Augenblicke sind leider nicht für immer.
Doch genießen wir diese Zeit.
Denn irgendwann wird es wieder schlimmer.
Aber *jetzt* sind wir lieber breit!

Leben

In der Stadt sind Menschenmassen.
Alle sind nervös, gestresst und in Eile.
Keiner will den anderen vorbeilassen.
Kommst du einigen quer, gibt es Keile.

Morgens blickst du in genervte Gesichter,
in U-Bahn, Bussen und in den Zügen.
Viele sind für mich nur ganz arme Lichter.
Ihr Leben besteht aus Stress und Lügen.

Mittags hetzen sie zum Mittagstisch,
und schlingen sich ihr Essen rein.
Nur etwas schnelles, keinen Fisch,
für ihren Magen ist es eine Pein.

Nach der Arbeit dann wieder so ein Gehetze
um den Bus, U-bahn, Zug zu erreichen.
Einige wirken wie Kranke oder Verletzte,
und Andere sind bleich wie Leichen!

Fast jeden Tag das gleiche Spiel,
bei der Arbeit müssen Sie alles geben.
Ich frage mich: „Wo ist das Lebensziel?"
Für mich ist das nicht leben!

Anti

Sie waren anders, waren „Anti"!
Die Haare lang und manchmal ungepflegt.
Sie rauchten Dope, das verband sie,
und philosophierten über eine bessere Welt!

Auch Sie waren anders, waren „Anti"!
Die Haare gelb, grün, blau und rot.
Sie soffen Bier aber keinen Chianti,
und hatten keine Angst vor dem Tod!

Sie waren jung und wollten leben,
auch ohne Arbeit und Geld!
Es musste doch was anderes geben.
Sie hassten diese kranke Welt.

Sie waren anders, waren „Anti",
und für viele unbequem.
Denn kaum einer verstand sie.
Sie hassten das System!

 Ja, „Antis" hat's und wird es immer geben,
jung, kreativ, wild, rebellisch, und renitent.
Doch konnten sie wirklich etwas bewegen?
Sie haben es **versucht** und DAS ist es, was zählt!

Vorbei!

Erloschen wie ein Feuer.
Fortgeweht wie ein Blatt im Wind.
Verwelkt wie eine alte Blüte.
Fortgezogen wie ein Vogel.

Vorbei !

Doch Bilder im Kopf,
und Erinnerungsstücke.
Geschenke, Reliquien,
aus einer glücklichen Zeit.

Vorbei!

Birkenwasser

Die Erinnerung an sie wird immer bleiben.
Ich sehe sie noch so oft in meinen Träumen.
Ihren süßen Mund und ihre langen Haare.
Diese Bilder kann mir niemand vertreiben.
Gespeichert dort in besonderen Räumen.
Vergangen sind seitdem Tage und Jahre.

Große Tränen laufen aus meinen Augen runter,
werden zum Rinnsal und erreichen den Mund.
Vergangenheit ist Nostalgie, aber auch Leid.
Ich wische die Tränen ab, werde wieder munter.
Melancholie und Traurigkeit sind ungesund.
Vielleicht ist mein Schicksal die Einsamkeit!

Zum Schluss noch ein paar „flache" Gedichte :

<u>Die Leberwurst</u>
Die Leberwurst, die Leberwurst,
hilft bei Hunger - nicht bei Durst!
Sie ist mal grob, mal ist sie fein.
Mal vom Kalb, mal vom Schwein.
Zum Abend streichst du sie auf dein Brot.
Und morgens kommt sie raus mit deinem Kot!
       (Guten Appetit!!)
<u>Herz</u>
Ich bin klein,
ein armes Schwein!
Mein Herz ist rot
und morgen bin ich tot!

<u>Die Leiche</u>
In einem Fluss trieb eine Leiche,
eine ganz besonders Bleiche.

Auf ihren Kopf thronte,
wie ein Götze,
ein kleiner Plötze.

In ihrer Hand hielt sie einen Kuchen,
den wollten zwei Huchen versuchen.

Auf der Stirn war eine Narbe,
daran knabberte ein Barbe.

Und ein Barsch
kroch in den Leichenar...,
äh Darmausgang..
Wie krank!

Inhaltsverzeichnis

Einige Anmerkungen zu den Geschichten und Gedichten:

Alle Personen, welche in den Storys vorkommen, sind frei erfunden. Bei den Handlungen habe ich manchmal einige Erlebnisse von mir oder Erzählungen, die ich im Laufe meines Lebens irgendwann mal gehört habe, mit eingebaut oder drum herum eine Story geschrieben,wie z. B bei der Story „Flohmarktjäger"! Diese Story basiert auf einer Erzählung eines Bekannten, welcher jemanden kannte, der bei einem Tiefgaragenflohmarkt eine relativ seltene Schallplatte gekauft hatte und zu hause dann starkes Knistern und Knacken hörte, obwohl er beim Kauf keine Kratzer gesehen hatte. Basierend darauf habe ich die Story geschrieben. Ein weiteres Beispiel ist die Story „Sauftour eines Verlierers", denn ein Bekannter von mir ist wirklich mal nach einer Zechtour von einer älteren Frau im Park aufgeweckt worden! Er hatte seine Jacke einem schlafenden Obdachlosen über gedeckt, weil er im Suff fand, dass es für den armen Kerl doch zu kalt wäre. In meiner Geschichte wurde ihm die Jacke entwendet und er ist selber aufgewacht. Das ist aber das Einzige was an dieser Story wirklich passiert ist, der Rest ist von mir frei erfunden, ebenso wie die Personen und Namen.

„WM-Fieber", „Der sichere Tipp" und „Ein ganz besonderer Job" entstanden während der WM (wäre jetzt bestimmt keiner darauf gekommen, ha,ha)! In der Story „WM-Fieber" verarbeite ich in stark übertriebener Form die allgemeine Fußballhysterie (welche zeitweilig auch von mir Besitz ergriffen hatte) und die Gleichgültigkeit gegen andere, viel wichtigere Dinge, die in den Hintergrund gedrängt wurden. So ist einem Bekannten von mir aufgefallen, dass „unbequeme" Gesetze/Gesetzesänderungen vorzugsweise während Fußball-WM's oder EM's im Bundestag durchgebracht werden. „Ein ganz besonderer Job" beschreibt mit einer großen Portion Komik ein gewisses Problem, welches auftreten *könnte*, wenn einige Männer nur noch Fußball und Alkohol im Kopf haben! Die Story „**Der sichere Tipp**" basiert darauf, dass ich vor einigen Jahren 150 Euro auf drei vermeintlich sichere Spiele gesetzt hatte und das dritte und letzte war dieses Länderspiel zwischen Deutschland und Russland, welches wirklich 2:2 durch ein Tor in der Nachspielzeit ausging. Ich bin damals wirklich die Couch heruntergerutscht und auch der Kommentar des Sprechers war ähnlich wie in meiner Geschichte! Der Rest ist, ebenso wie die vorkommenden Personen frei erfunden!

Zu dem Krimi „**Blutiges Vinyl**" muss ich sagen, dass die „Can-Monster Movie" als Erstpressung wirklich ca. 5000 Euro wert ist. Wer mir nicht glaubt, soll im Internet nachforschen!

Was mich zu der Story „**Insektenstiche**"(welche ich persönlich für eine der besten Geschichten des Buches halte) inspiriert hat, weiß ich nicht mehr! Teile der Story (der kranke Kater, die Einsamkeit) sind Teil meiner persönlichen Situation. Wie ich auf den Rest gekommen bin, kann ich nicht mehr sagen!

Eben sowenig kann ich mich nicht mehr daran erinnern, was mich veranlasste, den leicht morbiden Psychothriller „**Die Befreiung**" zu schreiben, von dem es vielleicht noch eine Fortsetzung gibt! Zu den **Gedichten** muss ich sagen, dass einige, wie schon in meinem letzten Buch, etwas „flach"(und eher lustig) sind, während die andere Hälfte ernstere Themen behandelt! Das Gedicht Kampflos stammt aus meinem letzten Buch(Vom Weiher, Reiher, Geier, Hecht und Specht!)

Jörg Maaß

Nachwort und danke!

Ich bin zu dem Schluss gekommen, dass mir das Schreiben von Kurzgeschichten doch mehr liegt als von Gedichten (obwohl einige meiner Gedichte auch nicht so schlecht sind) und werde mich in Zukunft mehr den Shortstorys und natürlich meinen beiden Romanprojekten „widmen". Einer der Romane wird voraussichtlich Ende 2015 erscheinen (über den Inhalt wird noch nichts verraten, ich kann nur sagen: Ist sehr ABGEFAHREN!!).

Zum Schluss möchte ich, wie immer allen danken, die mir bei dieser Arbeit zum Buch geholfen haben, allen voran wie auch beim letzten Buch Thomas C. und Thomas H., die sich mehrere (eigentlich fast alle) meiner Storys anhören „mussten "(☺) und auch den einen oder anderen Verbesserungsvorschlag hatten.. Thomas C. zudem Dank für das Training für den P.S.! Dank auch an S.O., der sich sehr bemüht hat eine Lesung für mich zu organisieren.

Very Special Thanks an Kay Grothe und Thomas C. für die Korrektur der Storys und natürlich an Hellen Thielemann, welche (wie immer) das Cover entworfen hat!

EUCH ALLEN: VIELEN DANK!